YUKARI

鈴木涼美
Suzuki Suzumi

徳間書店

YUKARI

一の手紙

浅茅が露にかかるささがに

柿本先生

何からお話ししましょうか、神社を二つ抜けて駅前通りでお会いした、あの日が最後だという私の記憶が間違っていないのなら、すでに十一年とふた月、まるっきり先生のお顔を見ていないのですね。あれは間違いなく震災の年だったし、五月の連休でしたから、正確に覚えているからといって、私が毎日お会いしていない月日を数えて暮らしているわけではないのですよ。それほどのセンチメンタルを抱えて過ごせるほど、ここ十年と少しの私の生活は穏やかなものではありませんでした。

　あの日、私が二の鳥居をくぐらずに段葛の脇から駅の方へ抜けようとして、乾物屋から出てきた先生と鉢合わせてしまったとき、あなたがやけによそよそしい、傍から見れば私のことを全く知らないと思われてしまうような顔をされたことに、私は一瞬動揺してしまいました。その直後、あなたの後ろからは、かつて高校の図書室で司書をされていたはずのあなたの奥様が乾物屋のご主人とお話ししながら出てきたものですから、私は長らく持っていた予感、あなたにとって私との関係は他の先生や奥様に知れては具合の悪いものなのだというような予感が正しかったのだと感じ、あのような態度をとって足早にその場を去ってしまったのです。私は同学年の生徒たちと違い、あなたの結婚式には参加しませんでしたから、すでに退職なさっていた奥様の顔を覚えてはいません。高校の図書室に行くことはあっても、貸し出しの手続きはほとんどしなかったからです。でもとても清廉性のある素敵な方でしたね。お子さんの姿はなかったけれど、きっとお二人のお顔の良いところをとって美しい坊や、あるいはお嬢さんなんでしょう。結婚式のときにはすでに奥様は妊娠されていたのだと、後になって同級生の一人が知らせてくれました。

私の予感は正しかったのでしょうか。全くの見当違いというわけではなかったのですよね。でも後から考え直してみると、あなたは奥様と買い物中の休日に私に出くわした気まずさから冷淡な顔をされた、という以上に、その時の私の姿形に驚かれたのかもしれないとも思ったのです。驚かれたというより、気に入らなかったと言った方が良いのかもしれません。もしかしたら些か腹を立てていらしたのではないでしょうか。確かに私のあの頃の風貌は、あなたの記憶の中にいる十六、十七の私とあまりにかけ離れていたわけですし、それを綺麗になったと言ってくれるのは年下の女の子や派手好きの女友達くらいだったでしょうから。

五月だというのに日差しが強くて蒸し暑かったあの日、乾物屋の前に立ち尽くしたあなたは紺色の綿のシャツを着ていました。どういうわけか私は今でもまるではっきりと写ったカラー写真のようにその姿を頭の中に思い浮かべることができます。あなたの少し後ろに現れた奥様は水色の薄手のカーディガンを羽織って、二人ともとても爽やかな陽気を醸し出していましたよ。私はといえば髪を根元からしっかり巻いて、ぴったりと肌に張り付く白い上部と紫を基調としたヴィヴィッドな色の花柄の短いスカートが腰のあたりで繋がったワンピースに、底が赤い十一センチも高さのあるヒール靴を合わせて、仏製の大きな鞄を肩にかけていました。一番奥から三番目の歯が折れていたのに、保険証がなくてお医者にかかれず、耐えきれなくなって実家に取りに帰った、その後だったのです。ほぼ一年ぶりに親の顔を見るのに、結局家に滞在したのはほんの一時間半くらいだったのではないでしょうか。親と言ってもご存じのように母親の方は偽物ですし、父の前でばかり良き母を演じようとする不潔な継母と話すことなどほとんどありませんからね。親はもちろん実家の近くでは誰も求めていないようなはっきりと黒いアイラインを引く濃い化粧をして、付け睫毛までしっかりと糊で貼り付けて、私は自分自身が今幸福であると稚拙にも表現したくて仕方なかったのだと思います。それくらい、全身で好調を叫んでいなくてはいけないほど、自分の幸福には自信がなかったのかもしれません。

二年生の年末、高校を去ることになってからの私の暮らしは荒々しいものでした。どうしてなんでしょうね。若い私はきっと親に付けられ、あなたにとても気に入ってもらっていた名前を脱ぎ捨てたかったのだと思うのです。高校を辞めた冬にすぐに向かった歌舞伎町は、まさにそこに足を踏み入れる誰もが自分で自分を名付け直す街です。そういえば高校の同学年（卒業していない私は同窓という言葉を使っていけない気がしてしまうのです）には変わった苗字が実に多かったように思います。私と同学年と言われても十四年前の新入生の名前などあなたは覚えておられないですよね。學とか萬とか瓢とか圓、人の苗字としては珍しい漢字を書く生徒がたくさんいました。それに比べると平凡、というかたまたまクラスにもう一人全く同じ苗字の生徒がいたおかげで私は教師に下の名前を覚えてもらうことが多く、あなたが紫と書く私の名を見つけてくださったのでした。全国的には平凡な私の苗字もまたあのお家だとわかってしまう間柄のご近所ではとても重苦しいものでしたけれど。いずれにせよ、生まれたときから自分の名前が好きで、その名前でいることに居心地の良さを終始感じている人がいるのかどうかはわかりませんが、そのような人があの街を訪れることはないでしょう。前を通っても足早に通り過ぎるはずです。新しい名前を纏うことができる、なんていう生易しいものではないのです。身ぐるみをはがされるようにして、強制的に名前を奪われてしまうのですから。私もやはり十年以上、あなたの知る名前ではない別の名前、それもいくつもの名前を纏って生きてきました。紫でなくなったのだから、あなたが若紫ちゃん、と呼んでくれた私でもなくなりました。

先生、あなたは私が自主退学を決めたこととの一因にご自身が少なからず関係していると思っておいでかもしれません。もしかしたら、責任を感じていらっしゃるのではないですか。それとも、思春期の生徒の気の迷いなど、もう二十年以上女子校の教師を務められている男教師にとっては取るに足らないもので、一人の生徒がレールを踏み外した、と感じる程度でしたか。責任など感じないで欲しいと思う。それと同時に何も感じていらっしゃらなければそれはそれで私は意地悪な気分になります。大学院で博士論文を途中で放り投げて、古典教師に落ち着いたあなたは、私が入学したときにはまだ先生となって十年未満、生徒に慕われていらっしゃったとはいえ、私のように親しくなった数がそう多いとは思いません。

高校に入学した時には、新天地にそれなりの新鮮味を感じていたものです。中学からそのまま持ち上がる生徒が圧倒的に多い中、一クラスに多くても三人ほどしかいない高校受験で入学した生徒はよほど社交的でない限りは夏休み頃まではやはり少し馴染めずにいるもので、そんな生徒のうちの一人であった私は傍から見れば友人作りに苦労して孤独なように見えたはずです。特に私のクラスに転入したのは私を含めてたった二人、しかももう一人は長らく関西で暮らしたとても快活な女子で、すぐにクラスの中心的なグループの一員になっていましたから。たしか女子バレー部に入った彼女は部活の合宿にも参加をして、夏休みが明ける頃にはすっかり大人しい生徒に指図するような仕切り屋を発揮していました。それなりに規則の厳しかった学校では服装も派手な方でしたしね。

そのような彼女と比べると私は教室で声を出すことは最後までとても少なく、目立ったところのない生徒だったのではないでしょうか。隣のクラスの担任をしていたあなたが、たかだか週に三回程度の授業で見かける私を気にかけてくださったのはそのような事情も関係していたのでしょう。当の本人は、って私のことですが、学校で特別居心地の悪さを感じたことはなかったのですけど。特別楽しいとも愛着があるとももちろん思わなかったけど、朝に駅前に出て、さらに電車で二駅、バスに十五分揺られてたどり着く学校は、自宅からそれだけ離れているという点ではそれなりに行く意味のある場所でした。逆に学校に行かない週末や夏休みは、出かける先を考えるのに腐心しましたし、誘い出してくれる友人くらいは欲しいと思っていました。だから数えればたった数回（ってもちろん数は正確に覚えていますよ、週末に一度、長期休暇中を合わせれば合計四回ですね）、あなたと学校の外でお会いすることができたのは、本当に嬉しいことでした。後から考えれば、今の奥様との予定がなくて暇を持て余したときに声をかけてくださったのかもしれません。あるいは奥様と喧嘩されたときとか。だって、結婚式では二人は三年ほどかけてじっくりとお互いのことを深く知り、愛を育んだなんて紹介があったそうじゃないですか。同じ学校に勤めながら男女の仲だったということを大勢の前で暴露するのは少し露悪的だったのではないですか。

最後に二人で出かけたのは、あなたがわけあって行かねばならなかった伊東市の断崖絶壁の海岸で、伊豆急行に乗り換えるところで待ち合わせたのでしたね。私はとても楽しかったけれど、あの長いつり橋は最後まで渡ることができませんでした。あなたは何度もその不安定な足場を軽快に行きつ戻りつしては、呆れて大笑いする始末でした。若紫ちゃん、とか、ワカ、と私のことをからかうような名で呼んでいたあなたが、ゆかり、と呼んでくれたのはあの短い旅行の最中だけでした。それはともかく、つり橋は今こうして手紙に書いているだけでも身震いがするほど怖かった。今も高いところに立つと足がすくんで、前にも後ろにも動けなくなってしまうのです。高所恐怖は親しみのある場所を失うことへの強い恐怖で、幼い頃の喪失体験が起因しているのだとお客の一人から聞いたことがあります。ただ、閉所はともかく高所に対する恐怖は人を惹きつけるところもある気がします。私もとても苦手なのがわかっているくせに、時折高いところへ登って、下に吸い込まれてしまいそうな眩暈を感じたくなるのです。そういう人は私だけではないのでしょう。でなければ都心にいくつもある展望と名の付くデッキやレストランに人が群がることの説明がつきません。それにしても、六本木や新宿はともかく、墨田区なんかの展望台にあんなに高額なお金を払う人がいるなんて信じられないですね。それにあの展望台の高さでは人々の営みのある地上の様子など遠すぎて重要なものは何も見えなそうです。私はもちろん登ったことはないですが。長く東京に暮してはいるけれど、隅田川より東にはよほど魅力的な用事がない限りは行くことはありません。

すっかり前置きが長くなってしまいました。先生との思い出話は一度のお手紙では書ききれないし、最近は一つの話をしようとしても、あちらこちらに話題が飛んで、当初の話を忘れてしまうのが私の悪い癖なのです。一つの出来事が別の記憶を呼び覚まし、別の言葉がまた別の記憶に繋がっていく、そういう歳に私もなったということでしょうか。十代の私にとってとても博識で色々な分野に造詣が深く、話題が豊富に思えたあのときの先生の年齢に、私も随分近づきましたよ。冬になればもう三十歳になるのです。三十歳ですよ、信じられないでしょう。私自身が信じられないのですよ。十代の頃から働き遊んだこの街は、すっかり時間を忘れさせるわりに、時折年齢だけは残酷な事実でもって知らせてくるのです。三十歳を前に、私は街を追い出されるような夢を見るようになり、それに負けて結婚をすることにしました。

驚かれましたか。でも安心してくださいね、私は何も結婚を前にどうしてもあなたに恨み言の一つでも言いたいとか、あるいは叶わなかったあなたとのことを一晩だけでも叶えたいとか、そんなことを言うために筆をとったわけではないのですから。それに、いくらはっきりと記憶していることに加えて、つり橋のあるあの景勝地のパンフレットやその後に乗ったリフトのチケット、湖で撮った写真を保存しているからといって、ハリウッドの女優たちのようにあなたを告発しようなんて思っていませんよ。その時には淡い恋でもあとから考えれば不当な扱いだということをインターネットで告発することが流行っていると聞きます。三十になった商売女がお金に困って、一度旅行した教師から金をゆすりとろうなんていう想像をされたんだとしたら随分ひやひやした気持ちにさせてしまいましたね。でも私の長く暮らす街は、人の現前性をとてつもなく大切にする場所ですから、何かの要求をするにはすれ違ったり肌が触れ合ったその瞬間でなければ意味がない。約束は何の意味もないし、あとから高額の会計に文句を言っても何か戻ってくることは期待してはいけないところなのです。人の心は容量がとても小さいですから、過去現在未来とすべてに大きな力を配分することはできません。そういう意味ではここでは現在以外を考える人はとても少ないんですよ。

また話がそれてしまいました。こうしてお手紙した理由をまだ何も書いていないのに。最近、この街から少しだけ北上したあたりで、韓国の綺麗な男性たちが歌ったり踊ったりするのを間近で見られる小さな舞台があるのはなんとなくご存じでしょうか。それほど興味があったわけではないのに、ここ二週間は週に三回も四回も、そんな場所をうろうろしています。お客の一人、といってもこの街でいくつか店を経営する水商売の男ですが、その人がそんな舞台のある店を一つ開業するのだと言って、視察と称して流行りの店を見に行くのに付き合ってほしいと頼まれたのがほんの二十日ほど前、そのときにどうしても忘れられない顔を見てしまったのです。来月には結婚相手のご両親とのお食事が控えているというのに、私はきっとほとんど生まれて初めて、ひとめぼれというのを経験しているのだとわかったのは小さな舞台でけだるそうに踊る彼を見てから三日ほどたってからでした。ひとめぼれが初めてだというのは意外かもしれませんね。でも私はあなたと話す時間をこれ以上ないほど愛しく思っていたあのときも、ひとめぼれというのをしたわけではない、というのはあなたもご承知でしょう。あなたは清潔感のある素敵な方だけど、美男をテレビやインターネットで見飽きている十六の女が一目見て忘れられなくなるほど印象的な顔ではないですものね。別に嫌味ではないですよ。

それからというもの、私の足は彼の舞台の出番がなくともその店のあるコリアンタウンの大通りの方へついつい向かってしまいます。都合の良い（あるいは悪い?）ことに私の今の自宅は歌舞伎町の歓楽街と隣町を隔てる通りに面しているので、店までは歩いて十五分もかからないのです。寝ても起きても彼の顔が忘れられないでいる日々のなかで、私はふと、あなたがよく話してくれた物語の一節を思い出していたのです。

　学校の準備室で、あるいは屋上に続くほとんど使われていない方の階段の途中にあったかつて喫煙室だった部屋の中で、また最後にはあのつり橋へ向かう車中で、あなたはいくつもその物語の中のお話をしてくれましたが、恋多き男の前に都合よく次々に登場する女性たちを実に詳細に生き生きと語るあなたに対して、私はどこか夢物語を聞くような、苦笑するような気持ちを持っていたのです。若紫の登場の場面はあなたのお気に入りで、その後も一途に男を想うその人と、同じ名前の私に何か、幻想を抱かれているような、そんな気分でした。はたして私は別の人と結婚するあなたを一途に想い続けるなんてことはしなかったわけで、その人のようにはなりそびれたけれど、いま物語のほんの一部分を全くなぞるように経験しているような、そんな気持ちなのです。

　思えば十年と少しの間、私のこの街での暮らしは時にはあの物語の別の一部であり、また全く違う女性の登場人物と似たような経験もしました。それで私が感じた、あなたの愛する物語への違和感、というよりからくりが、今何となくわかるような気がするのです。私はどれか一人の女ではない、また私と同じ店で働いてきた四十も五十もいる女たちがそれぞれいずれかの女性像に似ているのではないのです。お客が次々に女を変えて、多様な女たちが彼の夜の生活を彩るわけではない、私たちは一人であるのです。

　意味がおわかりになりますか。それとも今もあの物語を生徒に教えて、彩り豊かな女性のいる世界を生きていらっしゃるのでしょうか。私はあなたとの思い出話とともに、私の一人で幾人でもあるようなこの十年の暮らしを、もっとお話しするべく便箋を買ったのですが、あいにくもう最後の一枚になってしまいました。よろしければ、またお便りさせてください。お返事はお気になさらず、で結構です。でも私がどんな男たちと出会ってきたか、どんな恋をしてどんな夜を過ごしてきたか、少し気になりはしませんか。次のお手紙を書くころにはもしかして、結婚の挨拶をすっかり終えているかもしれません。あるいは結婚から逃げて隣町のほうへ引っ越しているかもしれません。あのとき、高校から逃げ出した私ですから、何をするかわかりませんね。それまでまたお元気で。暑くなってきましたから、どうぞお身体にお気をつけてくださいね。

疫病の嵐が過ぎ去りつつある七月の歌舞伎町にて。

紫

二の手紙

山の端の心も知らで行く月は

柿本先生

お便りのないのを少し残念に思いつつ、そもそも私がこうして手紙などしたためているのは何もあなたからのお返事をいただくためでも、まして結婚前にそれ以上の何かを期待するからでもないのは前回お伝えした通りですし、それにもし私が十一年ぶり（高校を辞めたときから数えれば十三年ぶりですね、でも私にとってあの五月の連休の乾物屋の前での再会があまりに鮮烈な記憶なもので、なかったことにしたくないものでもあるのです）に急な便りを受け取ったら、返事を書くか悩んだ挙句、やはり書かないような気もするのです。ですからお返事については何も気になさらないでください。少なくとも差し戻しになってはいないこと、同居の方や学校の別の方から連絡がないことを、あなたが読んでくださっている証拠だと考えて、二通目を書き始めた次第です。

紙の手紙の不思議なのは、書いた私のもとには前回お送りした文字が一つも残らないことですね。それは私にとっては都合が良いのです。これがメールだったら、今の私は七月にあなたにお送りした文字を読み直して、すっかり恥ずかしくなったり、後悔したりするのかもしれませんし、そうした場合には二通目を書く勇気というか、気力がわかないかもしれません。何しろメールは誤字や改行の位置まで全てそっくりそのまま、お送りした後も私の手元に残るわけですから。考えてみれば差し上げたものが自分の手元に残るというのはおかしな話だと思うのです。お店で品物を買って、次の日も全く同じものが陳列されているのを見たとき、手作りの一点ものだと思った自分の買った品物が量産品だと知る、それって少し寂しい気がします。そういう意味ではメールは量産品のような寂しさがあるのですね。

思い出すのは歌舞伎町に暮らして三年ほどたった頃に出会った、いわゆる歓楽街で女に色を売る飲み屋の男が酔って何度か口にしていたことです。お前、どうして売春婦がみんなホストクラブに飲みに来るかわかるか、とその人は言いました。お客を売春婦と呼ぶような、それでいて売り上げはひと月で四桁に届くような、品がないのに使う言葉にある種の強さのある男で、私はどうしてか、あれほどうるさい飲み屋の中で、しかも言葉足らずな男女ばかりがそれを補うように泣いたり殴ったり抱き合ったりする街の中で、彼の言葉をいくつかはっきり覚えているのです。

彼に言わせれば、癒しを求めているとか、男に魅力があるとか、ストレスを発散したいなんていうのは全部外の人間の勝手な想像で、そんなものを提供する技量など彼らは一つも持っていないというのです。「いいか、売春婦は汚いんだ。病気持ちだとか汚いおやじの金玉をしゃぶってるとか、そんな意味じゃない。身体を売って大層な金を稼ぐのに、金と交換したはずの身体は一寸も欠けることなく手元に残る。金も手元に残る。買ったつもりの客の手元には何もない。女は売ったことなんかなかったことにしてそしらぬ顔で立ち去る。だから売った証拠を消すために、金をとっとと捨てたがるんだよ」

はたして彼の言ったことが正しいのか、いいえ、正しいなんていうことはないのでしょうね、だって売春婦がそう言ったわけではないのだから。言えるのはただ、今も身体を売る女たちが男のもとへ大金を運んでいるという事実だけです。

すぐに話がそれてしまいます。つまり私の手元に前回書いたお手紙が残っていないので、記憶を頼りに書いていますが、私はおそらく手紙の最後を、随分と思わせぶりな調子で締めくくってしまったように思うのです。私があなたの若紫ちゃんとは限らない、と申し上げたのだか、不確かとはいえ、通り魔のようにそんなことを書いて手紙を送りつけてしまったのを少し不十分に思って色々と補足したくなったというのがひとつ、それから、これもまた前回のお手紙ではっきりとその時期まで明記したかどうか、私の記憶ではそうしたように思うのですが、先日、と言ってもまだ八月の最後の週末でしたから十日ほど前に、結婚相手のご家族に挨拶に伺ったときのことをお伝えしたかったというのがもうひとつの、再び筆をとった理由ということになります。

こんな真夏に結婚前の挨拶の場を設けるなんて、随分不親切だと思って、最初は婚約者にからかわれているのかと疑ったくらいなんです。恋人や友人の家族になんて会ったことはないですし、会う必要を感じたこともありませんが、結婚って相手の家族を自分の家族とする制度と聞きますから、私のほうは相手方を家族として愛することを強要されるわけでしょう。だとしたらせめて相手方からも、気に入られはしなくとも愛されたいとは思う。なのに真夏はそれが難しいのです。

というのも先生、私の身体はとても醜いのですよ。そりゃあ、体型は少しでも太ったら三日は食事を断つようにしていますし（あなたの記憶にあるように小柄な私が多少でも贅肉をつけたらたちまち玉のように丸くなってしまいますからね、油断している冬でも四〇キロを超えたことはありません）、顔は冬でも日焼け止めを塗って、陶器のようだとお客たちに退屈な比喩で褒められるようなきめ細やかさや白さを失ってはいません。

それに先生は新宿に来られることが少ないでしょうが、区役所の脇を入って花道通りへ出た辺りには昨年まで私の大きな顔がビルの広告パネルで微笑んでいました。あの段葛の脇で先生にお会いした日、私の瞼が酷く腫れているように感じられたかもしれません。別に泣き腫らしたのでも、高校に通っていた頃からの奥二重がさらに腫れぼったくなったのでもなく、ちょうど瞼に糸を入れて、奥二重では瞼の下に入り込んでしまうお化粧がしっかり見えるように二重の幅をより広く、そして平行に整えた直後だったんですね。ですからここでこんなことを書くのも手前味噌のようだけれど、私はあなたに高校で発見された頃よりずっと人目を引く、少し遠目からも風呂屋や飲み屋のスカウトマンが寄ってくるような顔立ちをしています。

音楽が煩く鳴る街でろくな言葉は聞き取れないし、奥ゆかしい魅力は煙草の煙とアルコールにぼやけて見えませんから、わかりやすい記号を顔や身体に張り付けて、瞬間的に殿方に丸印をつけてもらえるようにしなくてはここで稼いではいけません。一昔前の歌姫は目が縦に開いていましたが、今ではあえて奥二重や一重を強調して、顔の個性を才能の個性だと言わんばかりの仏頂面で画面に映る歌い手が増えましたよね。そんな時代にあってもこの街の女がみんな揃って縦に大きく開いた不自然な目をしているのも、身体には昆虫のようなガリガリの脚と空気を入れて膨らませたような丸い大きな乳房をつけて歩いているのも、そういう事情があるわけです。

またお話がそれましたが、私はそういう不自然な記号を醜いと申しているのではありません。むしろ長くここに住んでいると、その異常な記号の方がずっと美しく見えてきますから、ポジティブなんていう言葉を使って豚のような贅肉をあえて揺らすようにランウェイを歩く昨今の米国のファッションショーや、素肌を強調した自然派化粧品のコマーシャルの方が余程異常に思えるのです。銃殺されたロックスターと連れ添った、髪がぼさぼさの野性的な美術家がいましたが、あのような姿で区役所通りを歩いたら野獣と間違えられて檻に入れられてしまうかもしれませんね。彼女のようなスタイルを選択するには、この街は些か狭すぎるのです。

私の醜いのは、冬では一切気にならない、肩甲骨から肩と肘の中間あたりまで広がってしまった肌の変色のせいなのです。私はこの変色のせいで飲み屋の仕事の時には不自然なショールを羽織るか、身体のラインがぴったり出るようなジャケット型のドレスを身に着けざるを得なくなりました。飲み屋には最近、私よりずっと若い、それこそ出勤時間ぎりぎりに運動靴を履いて店にやってくるようなやや野性派の女も増えましたが、彼女たちが私の仕事中の姿を、胸の谷間をざっくりと開けて腰のラインを強調し、媚を売りすぎているなんて揶揄しているのを時々耳にします。媚を売るお店で何の冗談をとも思いますが、私がそのようであるのには肩や腕の肌を露出できない理由があるからなので、無邪気な彼女たちにならいつでも醜いその変色した痕を見せてあげてもいいかなと思うんです。家が近い私は店のロッカールームで着替えをせずに家から店の衣装を着けていきますから、まだその好機はめぐってこないんですけれども。

こんな醜い姿になってしまった経緯は、実は前回のお手紙の最後に書いたようなこと、私が色々な女になり得る、あるいは女が色々な私になり得ると思い始めた経緯と重なるのです。私の肩にこのような変色がなく、この歓楽街に足を踏み入れて間もない頃、私の肌や心に何の染みもないことを好んで、熱心に通いつめ、時には高額の贈り物をしてくれるようなお客が何人かおりました。最も熱心だったのは何の仕事をしているのかはあまりよく知らなかったけれど、ヤクザな仕事をしている人特有の股を極端に外側に開いた歩き方をする、比較的若い男。こちらは大抵取り巻きを複数人連れてやってきて、私だけを指名して高額なシャンパンを何本も開けて帰るので、売り上げはすべて私の実績になるし、時折彼の許しを得た取り巻きの誰かが別の娘を場内指名したとしても、それが継続されることはないので、今から思い返しても良いお客でした。男が女の気を引くときにかけるお金には際限があります。男が男に見栄をはるときほど際限なくお金が飛んでいくことはほかにありません。それに彼らの視線は私ではなく、私が耳に着けたガラス玉のピアスに映る自分らに向けられているのですから、こちらはそのピアスをつけて座っていさえすればいいのです。そういう意味では何の染みもない、親につけられた名前を付け替えたばかりの若い女であったことは彼等にも、めぐりめぐって私にも都合の良いものでした。

もう一人、彼とは対照的に必ず一人でやってきて、ガラス玉に映る自分には目もくれず、私の瞳と私の瞳に映る自分にばかり気を取られる男がいました。彼は五十になったばかりでこの街の飲み屋では比較的高齢の方とはいえ、ざらにいる年齢です。ヤクザな若い男と違ってこちらはお堅い金融機関の本社勤め、とはいってもきちんとした明細が出せる収入のみで家族を養っているわけですから、歓楽街に溶かせるお金がいくらでもあるわけではありません。同僚や後輩を連れているのを見たことはありませんが、仲間に見栄を張るようなタイプではないのに、ヤクザな男と同じタイミングで入店することが多かったため、競うように高額を使うようになりました。今の私でしたら彼のような男を下手に刺激して、使えるお金以上を引き出そうとはしなかったでしょう。むしろ収入がなくなることのない彼のような真面目な勤め人に、決まった額を何年もかけて運ばせる方が余程良いのですから。

でも若い私は彼が嫉妬や焦りを感じるように、回し役のボーイが呼びに来てもわざと彼の席に戻らず、ヤクザな男と大声で笑ったりシャンパンを飲んだりして焦らし、そのたびにその銀行員は高額な酒を注文せざるを得ない状況を作り続けてしまったのです。私は先生とお話ししたこともあるのに、人の嫉妬心が恐ろしいものだと本来的な意味では理解していなかったのでしょう。家族にゆとりのある暮らしを提供し、その余剰と余暇を使ってひと時の夢を買うのであればよかったのでしょう。でも彼は節度を守るだとか、程よく羽目を外すというような、男女が青春の終盤に身に付けて、それで若さを卒業していくための教養を身に付ける機会に恵まれなかったのです。歌舞伎町に彼のような人が足を踏み入れると、たちまち食い物にされるのは、羽目を外して学ぶような経験がないのがすぐに露呈するからです。彼は他の者がそういった教養を身に付ける時間を、自分の教養のないのを息子を使って補完しようとするような母親のせいで、塾と自宅で教科書の暗記のようなくだらないお勉強に費やしてしまったそうです。

彼はずっと、甲子園で汗を流す男の子や、あるいはバイクを乗り回す不良なんかに小さな憧れを持っていたようでした。それでも母の言いつけを破る気にはどうしてもなれないようで、私と出会う前年、母親が誤嚥性肺炎で思ったより早く亡くなるまで、自分には妻子があるのに、年に一度は休みをとって、母の趣味である豪華客船の旅に付き合っていたとか。ほとんど母親が恋人のような人だったのね。つまり、私と出会ったのは、最愛の人をなくして心にぽっかりと穴のあいた時だったのでしょう。受験を自分の子育てレースの最終章のように見紛った愚かな母と、外との交流を持たないせいで母の異常な愛情にすがったまま大人になった彼と、どちらも気味が悪いけれど、母の人生が子どもの学習くらいしか生きがいのないものだったのは間違いなく彼女のせいではなく時代のせいでしょうし、母の囲い込みのなかで育った彼は母を愛する以外に生き延びる道はなかったのでしょうから同情には値するように思えます。

それにしても、彼のような生真面目な人がこの街の飲み屋に来るのを少し不自然に思われるかもしれません。実はその人は、よくあるように案内所や情報誌で店を知ったのでも、知り合いに連れられてやってきたのでも、ふらっと入って気に入ったのでもなく、もちろん店の経営側と何かつながりがあるわけでもありませんでした。彼をここへ引き込んだのは私なのです。働き出して一年近く経ちそれなりに指名料も同伴手当ももらえるようになっていたとはいえ、まだ十代だった私はもっともっと自分を贔屓にしてくれるお客を求めていました。それで、私の店でかつて最も高い売り上げを誇っていたというおねえさんに色々と教えてもらおうと、ぴったりとくっついて行動を共にしていた時期があるのです。そしてそのおねえさんが、ホステスとして正当にむしり取った男の金で手に入れたマンションが代々木上原駅の近くにあったので、時折仕事の後などに遊びに行かせてもらっていました。彼と出会ったのはその帰り、富ヶ谷の歩道橋を降りる、エレベータで一緒になったのです。

高い踵の靴で階段を降りたくなかった私は閉まろうとしているエレベータの扉めがけて小走りで向かっていきました。そうしたら中に一人でいた彼が気づいて慌てて扉を押さえて待っていてくれたのです。無事に乗ってお礼を言った私は、おねえさんの家に泊まった帰り、ほとんど化粧もせずに、おねえさんに借りた白いTシャツを着て、とにかく十九歳特有の、強くつかんだら果汁が飛び散りそうな若さを持っていましたから、彼は何の警戒心も持っていなかったのですね。家庭の事情があって飲み屋に勤めていると言ったら何の疑いもなくやってきてくれるようになったのです。

私は随分と調子に乗っていたのですね、月に一度は外で食事をするという約束だけをして出勤時には彼を客として呼び出し、随分なお金を使わせたものですから、彼の、たしか母親のすすめでしたお見合い相手だった妻が夫の異変に気づくのにも大した時間は要しませんでした。そう、私の肌の変色は結局、彼の嫉妬や焦りではなく、彼の嫉妬や焦りを見抜いた妻の復讐心と関係しているのです。嫉妬ややっかみ、やきもちの類は昔から恋心を友情や家族愛と隔てる大きな副産物だとかつてあなたは言っていました。それは生霊をとばし、人を殺めるのだと。

でも先生、生霊よりも本物の人の方が余程危険ですよ。むしろ昔の人は、本物の人の所業を生霊に擦り付けるために物語を書いたんじゃなくて？　彼の妻は最初は探偵だか何かを雇って私をつきとめたようです。私があの乾物屋の前であなたとあなたの愛する妻であろう方と遭遇したとき、私が折れた歯の治療のために実家に保険証を取りに行った帰りだったというのは前回のお手紙でお伝えしたように思うのですが、あの折れた歯というのはまさしく、あとをつけられたり写真を撮られたりすることには敏感な私が、素人くさい探偵に追いかけられているのを察して彼を巻こうとしたときに、飲み屋の入っているビルの外階段で、下の階に入っていたバーの客の嘔吐したものに足をすべらせて転倒したときのものなのです。

異変を感じた妻による密偵、徐々に始まりつつあったいやがらせに私は気づいていました。それでも私は歓楽街の女として、お金を使いたがる男を思う存分狂わせてやるのが正しい姿だと思っておりましたし、来たい、会いたいという彼を拒む術など持ち合わせておりません。むしろ十九の女のために滑稽な姿をさらす彼にも彼の妻にも妙な可笑しさを感じて、飲み屋の同僚との笑い話のネタにしていたほどです。彼の携帯電話から割り出したのでしょうが、私の携帯には罵る言葉が届くようになり、最後は生霊でも何でもない彼女自身が、彼を送り出そうと道に出た私に薬品をかけたのです。

彼は母親に大切に育てられた人でしたから、その母親が選んだ妻ももとは実に気品が溢れる人だったそうですよ。彼と同じ最高学府で学び、しかし家族のために仕事は極めて抑制的に、子どもの教育や趣味事なんかに時間を費やす人で。そんな妻があんな稚拙なストーカーに身を落としてしまうなんてね。人を殺めはしなかったけれど、身体に値段をつけるこの街で、まだ何の染みもなかった肌に酷い変色の痕をつけられた私は死んだも同然、それから十年間、死体として生きてまいりました。

っていうのは嘘でね、身体に見せられない箇所ができて、それを後ろめたく思うようになってから、前よりずっと手のかからない、本当にただ店に通ってきてはお金を落として帰っていくお客がたくさんついたのですよ。なんでも、恥ずかしそうに肌を隠している姿が奥ゆかしく見えるとか？　みなさんこの変色が目に入ったら不気味で逃げてしまうのかもしれないけど、むしろ肌を見せずにお金を引き出せるのであればホステス冥利に尽きるってものです。それに、頑なに夏でも肩や腕を見せない私の身体は、むしろ殿方の想像力をかきたてるようで、実は蝶の刺青があるのではないかとか、名家の生まれなのに論文を書くために身を隠して飲み屋に勤めているとか、あらぬ噂がインターネットの掲示板や何かでたてられるようになってね。人は楽観的なもので、秘め事があると何か自分に都合の良い物語を膨らますものなのですね。

そんなわけで私は真夏の会食で半袖を着ると、袖の隙間から醜い身体が見えてしまいそうで、悩みに悩んで夏用の着物を着つけてもらうことにしたんです。夏用とはいえあんなに暑苦しい格好をして出かけるのは気が重いけど、長袖の洋服よりは暑い季節にも不自然に見えませんから。そうしたら、そんな事情を知らない相手方のご家族にえらく好評でね、挨拶は滞りなく終わってしまいました。

随分昔話に紙をさいてしまって、またこんなに長くなってしまったのですね。私は日記や映画の感想なんかを個人ブログのようなところに誰に頼まれるわけでもなく書きつけて公開する悪趣味はないのですが、先生の懐かしいお顔を思い浮かべるとついつい饒舌になってしまうみたいです。でもね先生、本当は、こんな話で終わらせるつもりではなかったのですよ。その変色のできた話はそれだけでは、やはり人の嫉妬は怖いというだけでしょう？　私はね、その妻の狂気を本当に滑稽に、恐ろしいけれども同時に可笑しいものと思っていたのです。ある時私もその姿になり得るのだと気づくまでは。

それはこのお手紙の（出してしまったお手紙は確認できないけど、二日かけて書いている このお手紙はまだ私の手元にあるのではっきり確認できるのです）最初の方の余談に出てきた飲み屋の男が関係しているのですが、そこまでここで書いてしまうのはあまりに長い気がしますね。ですからそれはまた次のお便りにしようと思います。まずは先生、相手方への挨拶も済んで、いよいよ結婚が現実のものになりつつあることのご報告まで。

九月になってもまだまだ蒸し暑く、蒸し暑ければ強い匂いを放つ夏の歓楽街にて。

紫

三の手紙

波路へだつる夜の衣を

正博さん

　先月のお食事会、本当にありがとうございました。八月の暑さの中でも身震いするほど緊張していたのですが、驚くほど優しくしてもらえて、本当に気構えず、大変楽しく過ごすことができました。正博さんと出会えて、初めて本当に人を支えたい愛したいという感情がわかった、と先日もお伝えしましたが、もう一度言わせてください。何かが欠けたような日々を長く過ごし、似合わない歓楽街に迷い込んでいた私に、これほど幸福な出会いを与えてくれた神様に、そして誰より正博さんに深く感謝いたします。

　初めてお会いした日からまだ一年も経っていないなんて、信じられないほど、正博さんと過ごした昨年の冬からの日々は、色のない世界にいた私に一つずつ新しい色彩を与えてくれる、めくるめくものでした。思い出せば出会いは少し恥ずかしいものでしたね。あの夜、東京で曰くつきの運動会が開かれてしばらく経ち、すっかり寒くなった気温とは裏腹に街は随分賑わいを取り戻していた金曜の夜、二年ぶりの小規模な同窓会の盛り上がりのまま、あなたは六人でお店にいらしたはずですが、一方の私は初っ端から酷く取り乱した姿を見せてしまいました。

　唯一と言っていいほど仲の良かった同じ店の女の子が、私に何も言わずに店を辞めてしまったのを聞かされて、思わず声を出して泣きそうになり、トイレに駆け込もうとしたところでしたものね。初めてお店にいらして、まだ十分も経っていない時に泣きっ面の女が小走りで体当たりしてきたら、とっても失礼で怪しいお店のようですよね。でも正博さんは怒るどころか、その後場内指名をしてくれて、お店が終わった後も、私が元気を取り戻すまで、三丁目の小さなバーでそばにいてくれました。

出会った夜は誕生日前だったとはいえ、もう翌年には三十になろうという私を、あなたはかなり長い間、もっとずっと幼いと思っていたのでしたね。きっと、べそべそ泣いて走ってきた登場の仕方が、そんな印象を与えたのね。それにしても、年齢を誤魔化して働いている少女じゃないか、なんて、それは言いすぎというものです。でもそれが気になってもしあの時、お店のマネージャーに見ず知らずの私を席につけるように言ってくださったのであれば、幼い少女に見えたことには感謝しなくちゃいけませんね。

気を悪くしないでね、私もあなたのことを実際よりもう少し年の離れた方だと思っていたのですよ。実際は一回りも離れていないのにね。別にね、あなたの気にするおでこのせいじゃないの。これでもかというばかりに胸元の開いたドレスの女が次々に名刺を渡しても、あなたの目はぶれたり泳いだりすることなくとても落ち着いていて、新人の女の子がグラスの水滴を一切拭かないものだから、同窓生のおひとりが手をすべらせてグラスを割った時も、誰より先に女の子たちの服や身体に水がかかっていないか気にしてくださった、その優しい余裕がそう思わせたのです。

幾度かお話ししたとおり、あなたと一度短く挨拶した時にはとても礼儀正しく猫をかぶっていた私の継母は、四十代であの世に行ってしまった私の母の面影を、私の生家から根こそぎ払い落とそうと必死でした。母の私物はもちろん、母が時折写真をプリントアウトして、その時々の家族の様子などを書き添えて作っていた思い出のアルバムも、家族で行った旅行の記念品も知らぬ間に家からなくなって、母から譲り受けて成人式に着るつもりだった振袖まで、家の近くの神社の向かいにある貸衣装屋に譲って、最後には私まで追い出されてしまいました。だからあなたとあのバーで色々お話をして、不本意にも夜のお仕事をしている悩みを打ち明けた時、私には正博さんが、神様が親に捨てられた子のもとに送ってくれた、とっても素敵で若い父か、歳の離れた兄のように思えたんです。

私の予感は半分当たって半分外れていました。あなたは私の父というには若すぎるし、兄にしては大人の優しさを知りすぎている。それでも神様が失った家族の代わりに私にくれた、これから唯一の家族となる人です。この街から連れ出してもらえる幸運に、心から感謝します。ここは持っている荷物を全ておろして、外の世界であった嫌なことをなかったことにして気楽になれる街なのだと思うけど、その代わりに大切なものも取り上げられてしまう、とても残酷な街です。家を出てしまえば私は特に何か誇るべきものも強みも、高卒資格すら持たない身でしたから、私にとって居心地の悪い場所ではありませんでした。取り上げられるものが少なく、捨てたいものの多い人ほど行きつきやすい、そんな場所です。

家を出されてから、流れるようにここに着いて長い時間を過ごしてしまったけど、その間に、嫁入りに持っていきたいような大切な思い出は何もないのです。

夜毎繰り広げられる宴も、音は反響ばかりして言葉の意味は剝がれて、つらくはないけれど、積み重なっていかないような、不思議な日々でした。でも底に穴が開いたように何も溜まっていかない日々に、少し疲れてはいたんです。

お食事会では私のお仕事のことをにあまり詳しく聞かれることがなく、もしかして正博さんが気を回してくださったのかな、なんて少し思いました。杞憂かもしれませんが、私がこんな仕事をしていたことで、あなたを悩ませることがあるとしたらとても心苦しく思います。家を出されたとはいえ、もっと別の仕事を見つけることだってできたのではないかと、今になって少し思います。最初は難しかったとしても、どこかのタイミングで街を出るのはそれほど難しくはなかったはずなんです。それでも私がここにいたのは、冷酷で腐敗臭がするようなこの街に、どこかで何か期待する気持ちがあったからなのかもしれません。実際にあなたに出会えたのですから、私の期待は的外れではなかった、というのはできすぎね。時間の流れにとても鈍感になるのもここの特性の一つだとは思いますが。

　私が家を出てひとりで暮らすに至った経緯は何度かお話しした気がしますが、受験して入った女子校について、あまりお話ししていなかったかもしれません。三度目にお会いした日、成田の近くのホテルまで私が行って、そこの小さなラウンジで高校へ入ったこと、そこを卒業していないことをお話ししたと思うのですが、あなたはそれについて特に深く追及することなく、自分も高校時代に習ったことなんてすっかり忘れている、なんて笑ってくださったのですよね。

　大きな観音像が見える駅の近くにある女子校に、私は高校から入学することになりました。そこは中学から、あるいは小学校のころから通う生徒が大半で、私のように高校の試験を受けて入ったのは学年でたった九人でした。試験は十人を募集するものだったはずですが、入学予定だった者のなかに一人、直前に酷い事故に遭って通学が不可能になってしまった者がいると、あとで教えられました。私をその女子校に通わせたがったのは、ちょうど入学の一年ほど前にうちへやってきた継母です。自分の母校である堅苦しい学校に私を入れたがった理由が、同級生に馬鹿にされないためなのか、あるいは厳しい規則で私が苦痛を味わうと思ったのか、それはわかりませんが、おそらく両方なのでしょう。

同じクラスには私のほかにもう一人、関西から親の転勤で引っ越してきた女生徒がいましたが、関西育ち特有の明るさと、後にバレー部の主将となる快活さを持った彼女とは対照的に、私はすでに仲良し同士が出来上がっているクラスに馴染めず、休み時間は一人で本を読んでいることが多かったのはよく覚えています。

だからといってそれが苦痛とは思いませんでした。運動はもともととても苦手で足も遅いし、お化粧や洋服に夢中な同級生が多い中、私はそういったことにもあまり興味が持てなかったので、むしろ一人でいるのは気楽で、稀に責任感の強い声の大きい女生徒なんかが、おかしな使命感で輪に入るよう促してくると、放っておいて欲しいなぁなんて思ってしまう。少し可愛げがない生徒だったんでしょうね。いずれにせよ、すでに地獄のような場所だった家にいなくて良い時間は私にとって大切なものでした。父が海外に行っているときなど、家は継母と私、それから前の人をクビにして継母が雇った気の弱い家政婦だけになっていたのですから。

そんなわけで一人穏やかに学校生活を送っていたのですが、私を酷く悩ませる教師が一人いました。学校に慣れたら二学期から入ろうと思っていた文芸部も、彼が顧問をしていることがわかってやめてしまいました。友人が少なく、というかほとんど誰とも一緒におらず、一人でいる私はきっと彼の目にとても気弱な生徒に見えたのだと思うのです。最初は少しよじれた正義感で、孤独な女生徒を気遣っている熱血古典教師、くらいに思っていたのだけど、少し話すようになるとやけに湿度のある目線を感じるようになり、どこか雄としての本能が隠しきれていないような、気味の悪い人だったんですね。

悩みはないか、何かあったら自分に相談するといい、という言葉につい自分の家のことを話すと、こっそり放課後などに時間つぶしに付き合うよ、なんて言ってくるようになって。人目がない時には手を触ってきたり、頭を撫でてきたりしたこともありました。もちろんね、すでにセクハラなんていう言葉は知っていましたし、一線を超えるようなことがあれば相談できる窓口は学校にもあったのです。でも彼は核心を突くようなことは言わずにただ私にとって自分が学校で唯一頼れる、故に何でも許せる存在になるよう仕向けてくるようなところがあったのです。

実際、その教師が私を本気でどうにかしようなんて思っていたかどうかは今となってはわかりません。私は学校に向かう足が別の場所に向かうようになり、結局、特に誰かに相談することなく高校を去ってしまったのですが、電話番号を知っている彼からその後に連絡が来ることはありませんでした。そういえばすでにこの街に部屋を借りていた頃、一度保険証が必要で、ほとんど帰ることのなくなっていた家に戻った時に、地元の神社の参道の近くで彼を見かけたことがありましたが、私が在校時には独身だった彼が、若い女性と仲睦まじく歩いているのを見かけたから、その後無事に結婚したのかもしれません。とにかく私は、私を母校へ入学させることをまるで至上命題であるかのように振る舞っていた継母に、このことを話して学校を移りたいと言う勇気はなく、ほとんど逃げるようにして、学校からも生まれ育った家からも出てしまったのです。

今となっては彼の私への態度は教師として問題のある、しかも巧妙に告発されないように工夫を凝らした、悪質なものだったように思えますが、当時、まだ男女の痴情のようなものとは無縁で、恋愛経験もない私にとっては、彼の行動が何であるのかはよくわからず、ただただ自分に降りかかった不気味なものとしか思えませんでした。男女の化かし合いが詰まったこの街に吸い込まれるようにたどり着いたのも、もしかしたらあの不気味さの中身を探ってみたいというおかしな好奇心が芽生えてしまったからなのかもしれませんね。あるいは教師が独占しようとしていた若い私の身体を、荒々しい場所で野ざらしにして汚してしまえという自暴自棄に似た気持ちがあったのかもしれません。

知らない男の人にお酒を注ぎ、知らない男の人の機嫌をとって、知らない女の人に敵意を向けられるようなこの街の日常の中でも、私は長く恋愛や性的な関わりはピンとこないままでした。その頃のトラウマがあるのか、こんな仕事をしていても男性とお話しするときはつい身構えてしまって、恋だ愛だ、という次元とは程遠い、どうにか不快な思いをさせず、気持ちよく楽しんでもらえれば、という気持ちだけで仕事を続けてきました。正博さんが見つけてくださったおかげで、草の露に糸を張る蜘蛛みたいな、不安定で気持ちの休まらない仕事から解放されるのは本当に幸福なことです。きっと優しいあなたのことだから、これからも私の昔の選択について、しつこく聞くなんて野蛮なことをすることはないのでしょう。お客やお店のスタッフの多くは、何でも理由や経緯を聞きたがるのだから困ったものです。それでも今まで誰にも話したことのなかった、過去の私のちょっとした傷を、お話ししておこうと思ったのはこの幸福をくださったあなたに、何も隠し事をしたくなかったからです。

きっと正博さんはお仕事柄、毎日華やかで遊び上手な女性たちに囲まれて、とても大切にされているのだと思います。あなたは全然モテてないよ、なんて言っていたけど、絶対に嘘ね。だって毎日平均して十五人は男性の顔を見ている私が、すっかり見惚れてしまうくらいだから。華やかで豊かで高貴な女性たちを見慣れている正博さんが、私みたいに質素な女を選んでくれたことは、少し思い返してみるとちょっと納得がいく気がするの。私はこれまでも、売り上げ順位なんかはそれほど気にせずのびのび働いてきたのだけど、たまには指名で飲みに来るお客というのがいて、そういう人は華やかな階級の女性に囲まれているようなお仕事の方が多いんですよ。それで決まって、連れ歩くことで見栄を張れるような華やかな女性との付き合いに疲れた、ただ癒されて話したいっておっしゃるのよ。薔薇や牡丹や、胡蝶蘭に飽きたら、道端に咲いているようなお花がいいと思うのかもしれないですね。お店でお渡しした名刺にあった私の源氏名、夕という字が入るのも妙に古風で落ち着くのかもしれません。お店は、正博さんはあの夜、随分遅くに大人数でいらしたからあまり記憶にないかもしれないけど、うちの店もこの街の例にもれず競争心が強くてちょっとぎらぎらと情熱がみなぎったような派手できらびやかな女の子たちが多いから。名前も麗良とか花蓮とか樹利亜とか、とっても派手な子が多かったでしょう。

でもきっと、毎日道端の草花を見ているような生活になって、それであなたのお仕事のように、週の半分はフライトで異国にいたら、きっと美しく気品のある百合や芍薬に目を奪われることもあるでしょうね。私ね、恋愛経験は全然ないのに、このお仕事を続けていたせいで、男の人の気持ちにはそれなりに聡いと思うんです。それから、人は日常と非日常のどちらが欠けても行き詰まるのだろうということも、ここ何年間で随分学びました。

あなたが少し長めのフライトで、普段あまり飛ばない都市へ行って、その非日常の中で誰かに目を奪われても、私はきっとあなたを諦められないから、非日常をそこに置いたまま、必ず帰ってくださいね。お見送りをするのは、たとえ何とも思っていない団体のお客様であっても寂しいものです。でもこれからは私は通りすがりの誰かではなく、あなただけをお見送りできるのがとても嬉しいんですよ。だから、必ずおかえり、と出迎えさせてくださいね。その確信さえあれば、お出かけの時は夜にお電話やメッセージのお気づかいは大丈夫ですから。だってきっと、来るかもしれないと思って待っていて鳴らない電話や、想像を掻き立てられるような電話口の音に、気持ちが揺さぶられてしまうと思うの。だから外国で眠るときは、寝る前の五分間だけ、私のことを思い出してください。

あなたが、綺麗な彼岸花みたいだと言ってくれた、私の身体の酷い痕のお話も、以前少しだけしたことがありますね。私は本当に恋に疎くて、何から何まで正博さんが初めてなのだけど、まだお仕事を始めて間もない頃、たしか震災のあった年ですから今から十一年も前に、親身になってくれるお客様と何度か出かけたことがあって。右も左もわからず、お店にはまだ友人も少なかったから、頼れる人が欲しかったのね。その方はとても真面目で、今の正博さんよりさらに年上だったけど、いやらしいことは言わないし、生真面目に約束通りお店に立ち寄っては、まだあまり指名の取れない私に気遣って、色々と注文をしてくれて、私もついつい相談をしたり、慣れない仕事の愚痴を言ってしまったりしていたんです。

私はすっかり、お父さんのような人に支えてもらって、ようやくお仕事もスムーズにいくようになるかな、なんて思っていたのでしょう。その方にはその方の守るべき日常があるということを忘れて、私にとっての日常の中で、少し頼りすぎていたのだと思います。まだ休日に会ってくれるような友人も少なかったので、買わなくてはいけないものがあったり、行かなくてはいけない場所があったりすると、送ってもらうことなんかも増えてしまいました。それは私にとっては、仕事が組み込まれた何気ない日常ではあったのだけど、彼にとっては非日常だったのですね。そして彼からしてみればもちろん、非日常は生活のごく一部で、そのほかの部分を埋める圧倒的な日常があったわけです。若い私にはその方が束の間の非日常のために日常を犠牲にしているなんていう想像力はなく、結果的にご家族の日常まで侵食してしまったのね。

綺麗に分けられていたはずの彼の日常と非日常は、お店で私の相談に乗っている際に、しつこく電話が鳴ったり、私が頼みごとをした日曜に明らかに何かの予定を途中で抜けてきた形跡があったりと、お互いがお互いを乱すようになって、ついに酷く取り乱した奥様が、ちょっと懲らしめるつもりで持ってきた薬品を、私がかぶってしまったのです。今から思い出せば、親切な男性が断り切れないような頼り方をした私が悪いと思うので、二度と連絡を取らないでくれという約束は仕方なかったと思っています。自分といるはずだった時間を、横から無理やり奪われた女性に、どのような蛮行ができるのか、ということも身をもって学びましたから。

ただ、こんな痕ができてしまった身体では、もう女性として愛される悦びは諦めなくてはいけないと、一時期はとても思い悩んでいたんですよ。通りすがりのスカウトマンだかホストだかに痕を見られて、紅花油の缶の絵のようで気持ち悪いと、そんな風に揶揄われたときには、もう長袖以外の私服を着るのはやめようと思ったもの。だから初めてあの成田のホテルで正博さんに肩を見せた時、とてもやさしい手つきで嫌味でなく綺麗だと言ってくれた一言に、私がどれだけ救われたか、きっとあなたの思っている十倍や二十倍では済まないですよ。こんなにまじまじと男性に身体を見られたのは本当に初めてで、今後も絶対に正博さん以外に見せることはないのだけど、そういう風に言ってくれたから、今年の初めに温泉に連れて行ってくれた時も、怖い思いをせずに人前で裸になれました。温泉は行かないようにしていたから母が生きていた子どもの時以来で、男の人と二人で行くのはこれも本当に初めてだったんですよ。熱海があんなに賑わいを取り戻しているのも、駅から離れたところにあんなに素敵な隠れ家のようなお宿があるのも初めて知りました。そして夏はたまには半袖の服を着てもいいかな、なんて思っています。

少しだけ日ごろの感謝と、これから正博さんと始める日常のためにお話ししておきたいことを書き留めるつもりが、すっかり長くなってしまいました。サンディエゴ行の便のフライト中に読んでくれているのかな。私は選んでもらった自覚と恩をきちんと心にとめて、これから先、どのような天気に見舞われても、強い心で正博さんの帰る日常をつくっていきますね。年末から住めるお家が、今からとても楽しみです。「夕花」としてお仕事をする日ももう残り少なくなりました。これからは初めて男性に呼ばれる本名の「紫」で正博さんの隣にいますね。

あなたがお仕事でいないときはいつも何かが欠けたような東京の街にて。

紫

四の手紙

嘆きわび空に乱るるわが魂を

柿本先生

まずは何よりお礼を書かなくてはなりません。たしか七月に一通目のお手紙をお出しして、その後ふた月近くあけて二通目を書いておりました頃は、先生からのお便りはないものと決めつけて、好き勝手に身の上話をしてしまいました。ふた月も待ったのだから、きっと先生は昔の恋人からの手紙にお返事をお書きにならない主義だと早合点してしまって、私ったら少し恥ずかしいですね。考えてみればいくらふた月と言ったって、十年も連絡を差し上げなかったことを思えば、お便りがないと決めつけるにはあまりに短いのですよね。不義理で、尚且つせっかちな教え子をお許しください。そして改めて、お葉書をくださりありがとうございました。一昨日受け取り、昨日便箋を買って、今日さっそくペンをとってしまいました。

でも先生に佐藤さんなんて他人行儀な名前で呼ばれて少し寂しい気もしました。随分前から名乗っていない名前です。結婚をしたら手放すことになる、かつて出席簿に並んでいた私の名前を最後に味わっていただいたのかしら。この街に暮らす者はすでに過去の名前を手放しているのです。って、これは前回のお手紙に書いたことかもしれません。寂しかったと言えば一文目がご結婚おめでとう、というのも。全体が五行しかないことは、お忙しい先生のことだからと寂しく思わないようにはしましたけど、これではお祝いのお葉書のようです。届を出して正式に結婚をするのは年末ですし、予定はそれが起こるその瞬間まであくまで予定で、何が起こるかわからないでしょう？　先方のご家族と会ったことをご報告したから、すっかり人妻になってしまったと思われたかもしれませんが。

先生があの方とご結婚なさる直前を知っている私が言うと嫌味に聞こえてしまうかもしれないですね。でも、きっと先生にはよそよそしくなさるおつもりなんて微塵もなく、私がすでに結婚する予定の相手と生活を共にしているかもしれないとご懸念なさったのかもしれません。だってあの頃、私が十代で先生が先生だった頃、最後に一度だけ先生がくださったお手紙は薄い便箋を重ねた封書で、それまでも先生から走り書きの短いメモをいただくことはあったけどそれすら小さな封筒にいれてくださっていましたよね。だからお葉書を選ばれたのは、男の名前の封書が結婚前の二人の空気を乱すかもしれないという、先生らしい配慮なのかもしれません。鳩居堂の季節の絵葉書は奥様の趣味でしょうか。

そして先生、私は今のところ一人で暮らしていますよ。今時、結婚前に新居を決めて、フライングして同棲するのが普通なのかもしれないですね。でもそれって、自分が心に決めた相手を、逃げたり心変わりされたりしないように囲い込むようで少し卑しい気がしませんか。私はどうも人の浮気にあまりに冷淡な態度しかとらないここ最近の空気を、正しいもののようには思えないのです。ホステスだからそう言うのではないですよ。もちろん、人が結婚の外で一時の気も緩められないなら、夜のネオンは今以上に消えていくに違いないけど、私は自分が夜の街を離れて、結婚の内側に入ったところで、ノーマルな夫婦関係以外は何も認めないような圧力とは無関係でいたいと思うのです。

って、こんなことを言うときっと先生は私が以前お手紙で、コリアン街のステージでのひとめぼれについて書いたことを思い出しておられるかもしれませんね。私はあれからも、幾度も彼の舞台を見に行きました。舞台といっても階段の三段もないような低く狭いステージですけど、私はそこに立つ彼が光り輝くように、けだるそうな踊りすら天使が舞うようにしか見えなかったのです。前回のお手紙には書かなかったかもしれません。結婚前に相手方のご家族とお食事をして、気持ちを切り替えた直後でしたから。でも実際はあれから気持ちが切り替わるどころか舞台の彼を見て、そのお店で少し飲みながらしゃべるだけではどうしても飽き足らなくなってしまったのです。それが彼の方も、舞台の上から客席を見渡し、梅雨の初めに初めて来た私を見つけてから、どうしても眠れぬ夜が続いたと言うのです。

ちょうど先生にお手紙をお出ししたあと、一週間か十日ほど経っていたでしょうか。金曜だったのだけど、たしか秋分の日だったか、休日だったのを覚えています。私はついに彼の誘いに乗って、一晩一緒に過ごしてしまいました。結婚を決めた相手からの電話も無視して、私たちは夢中で抱き合いました。今、先生宛のお手紙を書いている私の右手にはいまでも彼の肌の感触、温度が残っているようです。踊る彼を見て目が離せなくなったときは、きっと私はこの街を出て誰かに嫁ぐのを決めたことで、くだらないセンチメンタルに浸っているのだと考えて、あまり深刻に自分の気持ちを覗こうとは思いませんでした。この街にいれば私は日によって、どのような男のどのような存在にもなり得たのに、誰かの女房となったら一人の女をそれから一生かけて演じ続けなくてはなりません。その覚悟をするうえで、気持ちが多少揺れ動くのは当然ではないですか。浴びる光によってあらゆる色に光る蝶が、たった一色のつまらない虫になるのですから。

でもそんなこととは関係なく、私と彼はおそらく出会うべくして出会ったのです。そうでなければ人に対しても自分に対しても随分前から信頼を失っていた私が、ひとめぼれなんて迂闊なことはしなかったでしょう。彼の方だって、薄暗い客席に数多いる女の中から、私を見分けてしまったのは、気まぐれと思うにはあまりによくできた偶然です。それにしてもひとつ意外だったのは、コリアンタウンの店で踊っているのに、彼は出雲出身の、混じりっけのない島根人だったことでした。髪型や服装を見ても韓流アイドルを好きなのは間違いないのでしょうけど、名前をローマ字で表記していたのは、あのような場所では韓国人のふりをした方がずっと人気が出るのだとか。思えば初めに挨拶したときに、すこし舌足らずな喋り方をしていたのは、日本語を覚えて間もないのを装っていたのかもしれませんね。同じような店では日本生まれのコリアンの男の子も、日本語が下手なふりをするのだと教えてくれました。

そういえば先生はご存じかしら。最近は女の子たちも、中国クラブや韓国クラブで働く日本人が増えているようで、不思議なものですよ。若さとある程度の胸の大きささえあれば、ひとまずお金を稼ぎだすことができた時代から、どんどん収入を上げる子とどんどん貧しくなっていく子がくっきりと分かれる時代になったのは、私が街に来てしばらくしてからでした。稼ぐために年齢やスリーサイズを偽り、顔を直して名前を変える、そんなことは夜の街の日常茶飯事でしたが、生まれた国まで偽るというのは随分大胆と最初は思いました。余程器量が良いか、あるいは何か特別な価値がなくては稼げない時代に、何か人と違う価値を語るのは当然といえば当然の流れかもしれません。この街でも五年以上前から、マカオや東南アジアに出稼ぎに行く子が増えて、日本人の男が日本人の女を買えない時代がとても具体的な音をたてて近づいていますが、そういう子は特に興味がなくともポルノに一本出演してから渡航すると倍稼げると言われるそうですよ。素人好きのここのお国柄とまた随分違うものだと思っていましたが、いずれにせよ外国客相手に女が身体を売るのは国や街が深刻な貧困に突入する前触れのようなものでしょうね。

話がそれましたが、そんなわけで彼と私は一晩、一秒一秒を惜しむように愛し合い、今も彼からは次に会うのを期待する連絡が毎晩のように来るのですが、私はあれを一晩の過ちと思ってもう会わないつもりです。三十が目前に迫る私に、この縁談をふいにしてしまうような大胆さはもう残ってはいませんから。それに、私と結婚しようという相手、もちろんもともとは私のお客の一人にすぎませんけれど、その方はこれ以上ないほどの条件を示してくれるのです。いくら二十代が終わりかけているとはいえ、そうでなければ私は今の暮らしを離れる決心はつかなかったでしょう。

ですから彼とのことは大切に、心の底に仕舞って、私は私の人生を思うように生きるのに最適な人を選び、苗字を変えて暮らしていこうと思うのです。それは退屈な選択とはいえきっと正しいのです。彼との関係が続けば、結婚相手か踊り手の彼か、どちらかの生霊がどちらかの首を絞めるかもしれませんしね。あなたが私に向けた情熱に鍵をかけて、控えめな奥方と家庭を築くことを選ばれたように、私もまた情熱のありかとは無関係な道を選ぼうと思います。前のお手紙ではあまりに気持ちが高鳴っている時分でしたし、彼との関係もはっきりと形を持つ直前のことでしたから、あえて気持ちをふせていたのです。

生霊といえば私は一つ前のお手紙で、肩の変色ができてしまったときのことをお話ししました。お客の妻に薬品をかけられ、皮膚が焼けるような痛みを経験した私はしばらく駅の西側にある病院に通いましたが、痛みこそなくなっても肌にできた痕が元通りになることはありませんでした。流行の前から日傘を使い、冬でも春でもしっかりとＵＶカットの化粧品で紫外線対策を怠らず、夏には経口の日焼け止め薬まで飲んで、シミも黒子もない透き通るような白い肌を手に入れたのに、私の肩には醜い変色が残り、それから私は色を売る店でお客の席につくときも、かならず何か一枚布をかけており、肩も背中も露にする女たちの中で、どういうわけか奥ゆかしい、興味をそそるというので、熱心にかよってくるお客の絶えないホステス人生を歩むことになりました。きっと、一度一枚の布をめくれば、その不気味な変色に驚いて逃げ出してしまうのだろうと、ぼんやりと思いながら。

それで人の嫉妬心を掻き立てるのなんて、ろくなことがないと二重の意味で身に染みてわかったのです。純粋な欲望だけで使えるお金を超えて財布を開かせるには、自分が手に入れなくては他の者の手に落ちると思わせることだと、私はそれまでいつもどれほど良い客であっても、むしろ金離れの良い客であればあるほど、ひとりにかかりきりにならないよう、同時刻に別の男も呼んで、付け回しの店員には二十分以上同じ席につけたままにしないよう指示していました。そして男が私の元に通うことに嫉妬する奥様方については、一寸の同情もしないことが夜を生きぬく心得だと思っておりました。でも結局は土砂降りのように使わせたお金は弊害も多い。結局私はそのお客から売り上げた多くのお金を病院に支払うことになったわけですから。

物語だったら嫉妬に狂った女と、危機管理能力の低い女がそれぞれ因果応報、という結末で終わるのでしょう。現実であってもあの奥さんが私を殺していたら、双方の役割は固定されたまま終わり、とても物語的だったかもしれません。でもそのように閉じられた役割で綺麗に立ち去ることができないのが人生の妙というのでしょうか。肩に薬品をかけられたくらいで人は死なないですし、醜い痕を悲観しようが利用しようが日常は続いていく。何より私はその後、破滅するほどの嫉妬、私に薬をかけたようなあの醜く滑稽な感情を、身をもって体験することとなるのです。

たしか先生には、身体を売る女たちが男にお金を使う理由を、売っても減らない性という商品を逆手にとって、売った証拠を消すためだと言った男のことをお話ししたような気がします。彼と出会ったのは例の事件から一年と少し経った頃で、私はついに成人していました。もっとも、その頃には保険証も自分で手に入れて、実家の偽物の母とはすっかり縁がきれておりましたから、成人式の案内を転送してもらうこともなく、晴れ着を着る機会には恵まれなかったのですが、そんなことはさておき、この街で二十歳になった私はより一層自由に、それまで飲み屋に借り上げてもらっていた狭苦しい部屋を出て、税務署の通りを少し進んだ先に広くきれいな部屋を借りて暮らしておりました。彼はすでにその年に三十歳になっていたはずですが、定まった部屋を持たずに暮らしているのだと言い、荷物は店の事務所や寮に、寝床は日によって違うところで、出会ってからしばらくは私の借りたその広い部屋で寝泊まりするようになっていました。今思えば、月に四桁も売り上げたことのある彼が部屋を借りない道理はなく、おそらく私に知らせると都合の悪い家がきちんとあったのでしょう。でも二十歳の私は彼の言うことを文字の通りに受け取るほどに、要領が悪かったのです。

その頃私の勤めていたのは、今勤めている場所とは違って花道通りの西の起点に近い場所にある、大きな看板のある華やかなお店でした。彼の勤める店はもう少し東に歩いた場所の地下にあったのだけど、その系列のバーがこちらの店のすぐ脇の坂を上がった二軒隣にできたのです。ホストクラブの系列のバーではあるものの、表向きそれとわかるような表示はなく、実際、女のいる店で飲んだ男たちが、店が終わった後の女たちを誘ってアフターに使うこともあるような、ごく普通のカラオケバーでした。とはいえ営業時間は深夜なので、水商売や裸商売以外の男女が遊びに来ることは稀でしょうけど。

親しくしていた富ヶ谷に住むおねえさんのお客で、江戸川区の方で土建屋をしている男がいて、必ず数人の若い衆を連れて飲みに来るのですが、その団体客のアフターで店を訪れたのが、彼との出会いのきっかけでした。ちなみにそのおねえさん、かつては長く圧倒的な売り上げ一位の座を降りず、私が彼女の家に泊まりに行って、薬品事件の例の紳士と偶然出会った頃にもまだ店で三本の指に入る売り上げがあったものですけど、そのアフターのあった月には僅差で私が売り上げを抜き、その後はたしか一度も抜き返されることがなかったんですよ。私の五つも上ですから、二十五を境に売り上げが減少していったのでしょうか。その二年後にお店も、この街自体も去ってしまいましたけど、二十五で失速するようではもともとそう向いてはいなかったのかもしれませんね。この街では三十、他の街では四十にひとつの壁がありますが、二十代は美しくなくともお金になる年齢のはずですから。三十代は美しければお金になり、四十代は美しいだけではお金にならない、とは以前この街から銀座へ移って小さいお店のママになった友人の口癖でした。

いずれにせよそのバーにお客の女と来ていた彼が、やはりお客たちといた私と連絡先を交換することになったのは、彼の気まぐれないたずらだったのでしょう。

私が化粧室に立った時だったとはいえ、小さな店ですから、少なくとも彼のお客は自分の連れの男が別の女と立ち話をしていることに気づいたはずです。私はそのお客に小さなやきもちを焼かせることが彼の色恋営業における戦略なのかもしれないとも思いました。不足や不安を与えるとお客はひとまずお金で埋め合わせようとしてますますお金を使うというのは常識ですが、私はちょうどその一年前にそういったその場しのぎの売り上げが大きな代償を伴うと学んだばかり[illegible]随分くだらないことをするなとすら思ったものです。

ですから朝日が昇るより少し前に私が店を出て、自宅に向かうタクシーに乗った直後に彼から本当に電話がかかってくるなんて、思いもよらないことだったのです。タクシーは病院の脇から税務署の方へ向かっている途中でしたが、彼がしつこく言うので私は一度車を降り、言われるままに早朝も営業している牛タンの店へ入ると、お客の女を帰したらしい彼がにこにこ笑って座っていました。改めて顔を直視すると、お店で見かけた時からどこか見覚えがある気がしたのは、角の駐車場を囲むように張り巡らされたその手の店の看板の、ひときわ目立つ場所に彼の大きな顔写真があったからだとわかりました。毎日見ている看板には全く心が動かされませんでしたが、実物は背が高く、指が長くて、綺麗な顔というのも少し違うのだけど、流行り言葉で言えば塩顔とか蛇顔というのでしょうか。目が割と細くって、そういえば先生に少し似ているかもしれませんね。先生がいつもコンタクトレンズではなくて眼鏡をかけているのも、目が細くて生徒に目つきが悪いと言われたのを気にしているからだと以前おっしゃっていましたもんね。でもきっとこの街の男は目つきが悪いくらいのほうが良いのでしょうね。優しい目で語られたら安心してしまうようなことでも、細くつり上がった目で言われると人は不安になる。彼に夢中になるお客がいるというのもなんとなく頷ける気がしました。

帰ろうとしていた私をわざわざ引き留めたくせに、彼は少しも恐縮することなく、むしろなんだかとても偉そうな態度をとるんです。きっと人が自分のために動く、ということにとっても慣れてるのですね。それは色恋を商売にしていることと無関係ではないけれど、どちらかというと天性のものと言えるかもしれません。私だってそのときはそこそこの売れっ子ホステスだったわけで、人に貢いでもらったりわがままを聞いてもらったりするのが業務の一部でしたが、彼の圧倒的な自信を前につい言うことを聞いてしまったわけですから。清々しいまでの罪悪感の欠如、命令と思わせないのに知らぬ間に人を従わせる口ぶり、興味のないことには見向きもしないで何かに夢中になるとこちらのことなど忘れてどこかへ行ってしまいそうな冷たさと熱さ、そのどれもが色恋の街の男である彼に味方して、実際、聞けば驚くほどの売り上げを毎月立てていました。

後から考えれば単にアスペルガー症候群的な傾向としか思えなくとも、温度と湿度のある目線で彼を見ていると、揺るぎない自信と才能ゆえの唯我独尊を感じてしまうのです。そして時折見せる笑顔が自分だけに向けられたものであるかのような、全く根拠のない脆い自信が芽生えると、今度はそれを立証しなくては気が気じゃなくなってしまう。毎日違う女の肩を抱き、違う女の家に通う姿を見せつけられるのに、なぜか自分だけは特別な関係が紡げていると思い、もしかしたら自分も数多いる女の一人にすぎないと思うと存在理由を足元から根こそぎ奪われるように苦しくなる。だから彼の言葉や態度にいちいち意味のサインを探して、何かの確信が持てれば喜び、それが揺らげば夜も眠れなくなる。本当は何の意味もないただの癖だったり、酔っ払いのたわごとだったりするのにね。彼のような男のもとに通う女を、狂うという字で表現するけれど、とても言い得て妙な言葉だと今では思います。

彼のことを思い出すとついつい熱がこもって筆が滑ってしまいます。いずれにせよ一晩飲み続けた胃に牛タンを詰め込んだせいか、急速に眠くなった私には、部屋に寄りたいという彼に抵抗する力がありませんでした。たまたま店が休みだった彼は、私が仕事に出かけるまで部屋にいて、一度どこか事務所や寮に帰ったのでしょうか、もしかしたら女の部屋に行ったのかもしれないけど、夜更けに私の働く飲み屋に後輩の男の子二人を連れてやってきて、お礼と言って八万円で出していたロゼのシャンパンを二本注文してくれたので、店のマネージャーも機嫌よく良い女の子をヘルプに付けてくれました。顔だけで言えば店で一番と言われていたコロンビアと日本のミックスの女の子がついても、特に興味を示さず他の後輩二人の相手をさせて、私とばかり話す彼につい私は警戒心を解いてしまったのでしょう。

その日の晩も私の住む新しい広い家に来た彼は、二十四時間営業のディスカウントストアで歯ブラシやシェーバーを一通り買って、勝手に洗面所の一角に並べていきました。そうして私は洗面所の前に立つだけで、彼の帰りを期待するようになってしまったのです。休みの日に一日中いて、その後も三日連続で仕事の終わる時間にすぐ帰ってきたかと思えば、二日間全く連絡がないこともある。さりげなく聞いても夜通し麻雀をしていたとか、豊島区に住むお兄さんと会っていたと言って要領を得ません。彼の来ない夜は洗面所の歯ブラシが煩く男の不在を主張してたまらないのです。結局私は店の出勤時間を遅くしたり、休みを取ったりして、たびたび彼の店に飲みに行くようになりました。

最初は自分の店の同い年の女の子に、彼のことを見たいと言われてしぶしぶ行くことにしたのです。私はそれまで彼と会うのにお金を払ったことはありませんでしたが、一度くらいお店で働く姿を見るのも悪くないと思ったのです。その日は女の子を先に帰して、私と彼は一緒に帰りましたが、私は帰ってから、それまで気まぐれだったとしても混じりけのない気分で私の部屋に帰ってきた男に、自ら色々なものを混ぜてしまったと思いました。それは自分にあてはめればすぐにわかるはず。私だってそれなりに会うのが楽しいお客を持っていましたが、彼らと食事をして店に同伴するのを、どれくらいが自分の気分でどれくらいが営業努力かなんて厳密にわけることはできません。

考えてみれば人が人に会うときに、混じりけが一切ない純粋なひとつの理由であることなんて考えにくく、同性に自慢したいとか、財産の規模を知りたいとか色々とあるはずなのだから、それほど思い悩まなくてもよかったと思うのです。だって先生、あなたが私を連れてあの伊東市の海岸へ行ったとき、あなたの気持ちはどれくらい純粋なものだったのでしょう。許されぬ関係に悶える変態だとか、そんなことを言いたいわけじゃないけど、ただ単にあなたがよくおっしゃっていたように「話していると疲れがとれる」相手だったからじゃあないでしょう？その頃にはきっと、婚約者との関係も進んでいたのに？

それはともかく、私は一層思い悩むようになりました。店に一切行かずに彼が部屋に通っていたときには、少なくともその点において他のお客と自分は違う立場にありますが、一度店に行ってしまえば同じように席に座り、同じように指名料を払って横に並ぶわけです。なら先生だって行かなければいいと思うでしょう？　私だって今から振り返ればそう思いますよ。でもその時には、彼の店での様子や他のお客の顔がどうしても気になってしまう、他の女に見せる顔をなんとか盗み見ようと何度も化粧室に立って、体調を心配されることもありました。一度、店が混んでいて、どうしても目につく席に、彼の一番のお客が通されたことがありました。彼は公平を期すためかどうかは知りませんが、どちらの席にも長居をせず、その日は後輩たちの席を回ったり、同業の男性が来ていた席で話し込んだりと動き回ってこちらを見ていませんでした。私とその一番の客はお互いに、相手の服や鞄、態度や店の男の子たちとの関係を盗み見て、一つでも相手の粗が見つけられれば少し愉快に、一つでも相手に良いところがあれば一気に惨めになって、いくら飲んでも酔えず、どんどん強いお酒を飲んでしまいました。その女は私より五つか、あるいはもっと年上の、風呂屋かヘルスか、風俗店に勤めている女特有のちぐはぐな服を着ていましたから、そういったお仕事だったのでしょう。高級そうに見えるコートやバッグに対して、服は安い生地で、靴は履きつぶされていないヒール靴。鼻にかかった高い声が特徴的で、売れないアイドルが崖っぷちで変なキャラクターを演じているような、滑稽な喋り方でした。ただ、黒のロングヘアをまっすぐにブローしているので、遠目では美人風。その日は店が休みで、髪のセットもしていなかった私は、自分がとても惨めに思えました。それもあって、飲んでいる量に気づかずひたすらグラスを口に運び続けてしまったのです。

先生、ここからは書くのがとてもつらいのです。私は気づけばグラスを二つほど割って、ふらつく足で地上に続く階段を上って、なんとか店の前から駐車場へは移動したのですが、そこから一歩も歩けずにうずくまってしまったのです。きちんとお会計をしたのか、彼が見送ってくれたのかどうかもわからず、取り敢えず少し酔いがさめるまで、ワゴン車の陰で座っていることにしました。前後不覚なほど酔っていたのでどれくらい時間が経ったのかはわかりません。携帯電話すら見ていませんでした。ふと、店でも聞こえた鼻にかかった高い声が聞こえてきました。私の姿は見えていないようですが、彼ではない、店の男の子がタクシーを捕まえようと一緒に歩いているようで、大きな声で私の話をしているのです。

彼女はインターネットの掲示板で彼が時折私の部屋に泊まっていることをつきとめていたようで、店に私が来るたびに目ざとく見つけて観察していたようでした。彼に私のことを問い詰めたのか、彼女は彼の口から私の嫌なところを聞き出していて、それは百歩譲って彼が彼女に気持ちよくお金を使ってもらうための方便と思えるかもしれないけど、彼女のおかげで私は彼が男の子たちに私のことをどんなふうに話しているかを知ることができました。「紅花油の缶とかに絵あるじゃん、花の。それに似てるって」と男の子は言いました。「あの肩の火傷のことでしょう？　気持ち悪かった」という高い声を聞いて、私は眠りに落ちました。きっと私の頭が酔っているなりに、これ以上嫌なものを耳に入れたくないと機転をきかせたのですね。止まっていたワゴンに清掃業者の人が戻ってきて起こしてくれるまで私はそこにいました。

それから店には行っていません。彼も何かを察したのか、幾度か部屋にきたけれど、すぐに眠ってもうおしゃべりをすることも抱き合うこともありませんでした。私は自分の仕事のあいまにトイレなどでネット掲示板にあの鼻にかかった声のお客の嫌がりそうなことを知った風に書きつけるのが習慣になってしまいました。でも、私のことだって好き放題言われていたんだから、ちょっとくらいの復讐はいいと思いませんか。彼女の勤める風俗店を割り出して、そちらの掲示板にもあることないこと書きつけてやりましたよ。そうやって電波を通して怨念を送り合うような醜さは、私に薬品をかけたあの奥さんに限らず、誰しも持っているのでしょうね。彼の看板はもうあの駐車場では見かけません。一番の上客と結婚して子どもが生まれたという噂も聞いたけれど、例の鼻にかかった声の客は売掛金のことでトラブルが続いて、二階から外に向かって大きな白い階段のあるビルの屋上から飛び降り騒ぎを起こしたという噂もありました。どちらにせよ、私とは関係ありませんね。

先生にこのことをお話ししたかったのは、人の怨念で傷物になった話だけを書きつけては、私が片一方でしかないようでアンフェアな気分になったからです。

被害者は一晩で加害者にもなれる。相手の男が変われば、私は物語の別の章で全く別の女を演じているようなものなのです。

お返事のお礼を書くつもりが、いつもよりたくさん入っていた便箋を使い切るほど長くなってしまいました。前のお手紙と同じ締めくくりでは馬鹿の一つ覚えみたいで嫌なのだけど、前のお手紙の最後をどうしても思い出せないのです。季節の変わり目は風邪などひきやすいでしょう。少し肌寒くなってきましたからくれぐれもお身体にお気をつけて。

すっかり疫病禍の名残もなく、人で賑わうコリアンタウンの喫茶店にて。

紫

五の手紙

今はかひなき恨みだにせじ

明石院長殿

封筒を開けて驚かれているかもしれません。偽りの名前を載せてお送りするご無礼をお許しください。でも頂いたお名刺の住所は病院のものでしたので、私の名前、それは明石さんとお会いした時のものであっても、私の親がつけてくれたものであっても、女の名前を記載してはご都合が悪いと思ったのです。ご自宅の住所もアオイさんに聞けばわかるのでしょうけど、自宅にお送りしたらますますお立場が危うくなってしまいますよね。アオイさんだって私に住所を聞かれたら何か贈り物でも届くのかと思ってしまいますものね。私は未だにアオイさんと呼んでいますが、もちろん晶子さんのことです。

ご無沙汰しておりますがお元気でお仕事されていることと思います。最後にお会いしてから、もう三年近く経つのですね。お電話では会いに来ると何度もおっしゃられて、でも天気や体調、お仕事を理由に何度か約束をふいにされて、そうしているうちに疫病禍の営業自粛がありましたから、すっかり私のことは忘れていらっしゃったかもしれません。歓楽街の飲み屋の営業が再開したところで、お医者様方や病院は大変お忙しいことはわかっておりましたから、こちらからのご連絡はなるべく控えるようにしておりました。ごくたまにご挨拶程度の連絡を差し上げましたが、お便りがないのは当然仕方のないことだと思っていました。

明石先生はあるいはこれ以上行くつもりのない約束をしないで済んで少し安心されていたかもしれないですね。嫌味でも、恨みがましいことを言いたいわけでもないですよ。私たちがお客様に来てくださるようにお願いするとき、半分はダメでもともとだと思っているし、いくら約束をされても実際に会いに来てくださるまではわからないものです。会いたいとご連絡するのは私たちが最初に教わる作法で、喜んでいただくのが一番ですが、最も重要なのはそれによって心苦しくなっていただくこと。殿方は罪悪感を贈り物やお金で埋め合わせるのだから、小さな罪の意識を植え付け続けなさい、とはかつてお客様の一人と行った銀座のお店のママの言葉ですが、充実より小さな不足を、満腹感より罪悪感を、というのはこちらの街でもよく言われます。そのママ曰く、ホステスが既婚のお客と寝るのは執着や愛着を持たせるためではなく、もちろん性欲や愛情によるのでもなく、一度寝て自分の女にしてしまうと、自分の手で幸福にしてやれない罪の意識と責任感が芽生えるからだそうですよ。

最初から余談が過ぎました。明石先生はすでに何かのきっかけで、私とアオイさんが親しくしているのをご存じかもしれません。疫病禍より前からこちらにはあまりいらっしゃらなくなっていましたから、もしかしたらその頃からお気づきだったのでしょうか。まさか私が初めから気づいていたと訝しんではおられませんよね。当然私にとって、とても親密になったお客様が、かつて私に大変親身になってくれた先輩ホステスとすでにご結婚されていたなんてまさに寝耳に水、ひとつも存じ上げませんでした。そもそも私は、あなたにご家庭があることも聞かされていませんでしたから。

アオイさんは私が初めて勤めた店で長らく売り上げが一位だった先輩で、まだ十代だった私をとても可愛がってくれました。普通は新人の面倒見が良いのは売り上げが三位以下の中堅のホステスであることが多いのですが、私はどうせ盗むなら、最もお客を持って最もお金を使わせる女の所作を盗もうと、アオイさんにぴったりくっついてまるで侍女のように買い出しを頼まれたり、愚痴を聞いたりして、その代わりに時々相談に乗ってもらっていました。アオイさんは少し冷たい印象があるからか、それほど親しくしているお店の女はおらず、そのせいかしつこく慕ってくる私を途中からは随分贔屓にして、自分のお客が枝と呼ばれる新規のお連れと来たら必ず席につけてくれるよう店の男に頼んでくれたし、時には自宅に招いてくれることもあったんですよ。きっと明石先生もご存じの、あの代々木上原の大きなマンションです。

アオイさんの教えはとてもよく覚えています。外で簡単に会えるのであればお客はお店でお金を使ってはくれない、でもお店でお金を使っていてもお店でしか会えないのであればやはり長くは贔屓にしてくださらない、重要なのは外で会っている時間が、彼らがお店で売り上げに貢献したからこそ勝ち得た時間だと認識してもらうこと。今度指名するから、という甘い言葉に導かれて、まだ出会って間もないのに休日に時間を作ってしまったら、その時点で関係における支配関係は定まってしまう。なんとしても最初の三回は同伴もしくはお店での逢瀬に限らなくてはならない。

それから、お客といるときの接し方についてもアオイさんは独自の決まりごとを色々作っていました。ビジネスライクなホステスは最も客を興ざめさせるけれど、だからといって会社の同僚や友人のような自然体を求めているわけではない。それでは高いお金を払って飲み屋の女をわざわざ指名するわけがないし、所詮仕事であるのにあまりに白々しくするとそれはそれで嘘くさく見えるというのです。慣れ切って擦れているのとは対極的な、しかし素人の女とも一線を画した、一所懸命仕事をしている女を演じよ、と口を酸っぱくして言っていました。すっかり慣れた嬢を好きなお客もこの街にはそれなりにいますが、ほら、この国の女商売で最も高額がつくのは若さと初心さというくらいだから、基本的にはまだ慣れないけれども事情があって一所懸命仕事をしなくてはならない、あの子はよく頑張っている、と思ってもらうのが一番なのです。ナンバーワンになればまた振る舞いには違うものが求められるのですが、そうでない場合は、基本的には仕事として頑張っている様子を見てもらうことが重要だそうですよ。

以前私の肩の赤い痕についてはお話ししたかと思いますが、あの事件があった時にもアオイさんは随分と気にかけてくださり、同時に私の接客態度に警鐘を鳴らしてくれたんですよ。あなたのことは仕事とか関係なく好き、お客なんて思っていない、という偽りの恋人を演じる営業方法は、始めのうちは簡単に成果がでるけど、後々に大きなトラブルを呼ぶことがあるし、一度そういう勘違いをさせるとお客の夢はどんどん広がって、この夢を証明してほしい、これが夢でないことの証が欲しいという欲が出てくる。そういう意味でも、あくまでお仕事を一所懸命にしている女の子を応援してあげたい、という基本姿勢は崩さず、数多いるお客の中ではそれなりに重要な存在、特別なお客様であるということにプライドを持っていただくのが大切だということですね。健気に仕事をしている女の子に対してお客は、こいつは俺のことを愛している、なんて驕った考えを持つこと自体に引け目を感じますし、強引に肉体的接触を図るみたいに、自分の欲望のままに嫌がることをしようなんて思いません。不器用に仕事に打ち込む素振りを見せることは、要は自分の身を守ることにもなるわけですよね。その後長く歓楽街で働いてきましたが、最初の親鳥だったアオイさんの教えは割と忠実に守ってきたと思います。

明石先生と最初に出会った頃、あなたはお店の外でのお付き合いに拘られていましたが、私は頑なに自分から出向くことをせずにお店に通ってくださる形を望んでいました。まだお店には最初の一度しかいらっしゃっていなかったのに、僕のことを好きなら休日を空けて会いに来てほしい、その確証が得られればお店で高額を使うこともやぶさかではない、というように。私はあなたのお立場や、言葉の端々から感じ取れる豊かな生活に、心惹かれる気持ちがなかったわけではありません。あなた自身がよくご理解されているように、あなたは将来を不安に思う孤独な女性たちにとってとても魅力的な男性ですから。きっと若い頃から大きな病院の跡継ぎとして約束された将来と、それなりに遊び慣れた駆け引き上手なところ、背が高く清潔感のあるお顔を武器に、多くの女性たちを意のままにされていたのでしょうね。

私はまずはお店に通っていただきたい、あなたはまずは私があなたに会いに行くことで情熱を測りたい、その駆け引きはこの街のありふれた光景だし、思えばルキアノスが見聞きしていた時代から、商売女と男の会話なんて似たようなものですね。いえ、考えてみれば歓楽街に限らず、そして男女に限らず、精神的な繋がりや肉体的な繋がりを求める者たちはずっと自分が負けないように愚かな駆け引きを続けているのかもしれませんね。そう考えると男も女もなんて自分に自信がないのでしょう。どちらが先に会いに走るかなんて本来はどうでもいいことかもしれないのに。

結局あなたが折れて、お店に来てくださるようにはなりましたが、私はあくまでアオイさんの教えを守り、最初の関係について慎重になっていただけで、お客様になっていただいた後も、あなたに心惹かれる気持ちはなくなったわけではありませんでした。今から思い返せばあなたは巧妙に、ご家庭の有無についてはっきりとした言葉を使わず、こちらが都合の良いように解釈できる範囲で真実をぼかしておられただけなのですが、二十代も後半となった、帰る家もないこの街の女に夢を見させるには十分だったのでしょうね。正直、私はあなたの本拠地が東京ではないと聞いた時点で、お里にご家庭があるのではないかと思っていたんです。そのうえで、お店にも足繁く通っていただいていることだし、仮住まいのマンションに遊びに行ったり、鼻が痒くなりそうな気障《きざ》な台詞を言うあなたとの時間を楽しんだりしていました。

私は疫病禍に差し掛かった頃、たまたまあなたがアオイさんと仲睦まじい家庭を作っていらっしゃることを知りました。アオイさんは突然結婚すると言ってお店を辞めたのだけど、地方のお医者に嫁ぐこと以外は私たちは何も聞かされておりませんでしたし、アオイさんのいなくなったことをきっかけに私は別の店に移っていましたから、噂話を聞くこともありませんでした。長らく連絡がなかったので、水商売の世界とはきれいさっぱり縁を切りたいのかもしれないと思って私からもしつこく連絡をしなかったのですが、疫病禍の歓楽街を心配に思ったのか、二年前の春にアオイさんの方からお電話をもらい、久しぶりにお会いすることができたのです。私の方からお客について具体的なお話をすることはなかったのですが、アオイさんのご結婚相手のお話からなんとなくあなたとの共通点が浮かび上がり、遠回しにあなたのお名前を聞き出したのです。

病院を引き継ぐ前の数年間、あなたがお父様のご意向でご自宅から離れた都内の病院に修業に出されていたこと、そのためあの南新宿の大きなマンションを借りて、一時独身を装って気楽な暮らしを楽しまれていたこと。そしてどうやら新宿の女と遊び暮らしていたことを、アオイさんは愚痴のようにお話しされていましたよ。その後、長らく途切れていた私と彼女との縁は復活し、先週も二人で椿山荘のアフタヌーンティーへ行きました。もちろん、私はどうやらその遊び相手が私であるらしいというようなことはおくびにも出さずに話を聞いております。ですからあなたが何かの拍子にボロを出していない限り、私とあなたとの関係が外に知られることはないでしょう。安心してくださいね。むしろあなたが危惧すべきは、もしかしたら家を留守にしていたことで、お父様とアオイさんがほとんどお二人で暮らしていることのほうかもしれませんね。って、これは冗談。いや冗談かどうかは少しご家庭を顧みてご自分で確かめてくださるのがいいわ。手に入れた女に手をかけるも放っておいて寂しい思いをさせるも男の自由とお考えかもしれないけど、放っておいている間に女がただ寂しい思いをしているなんていうのは男の都合の良い幻想にすぎないのですよ。

南新宿のマンションを引き払われた後、新宿の繁華街からは随分足が遠のいているのではないでしょうか。全世界の飲食関連、特に社交場が壊滅的に不景気だったのであろう二年間ですが、歌舞伎町は他のどの街とも違った奇妙な盛り上がりを見せていました。明石先生とも一度、三年と少し前だと思いますが、スイス在住のご友人が一時帰国されたときにホストクラブをご案内したことがありましたよね。あのお店は一昨年、二週間の自粛期間の後は売り上げが鰻上りで、師走には歴代最高売り上げを記録したとか。その月に限って言えば世界でも類まれなる収益の飲み屋だったでしょうね。女性向け風俗店も随分売り上げを伸ばしているようで、危機の時代に気前よく施しができるのは女の方なのかもしれませんね。殿方相手の商売は随分景気が悪かったから。

　とはいえそういう一部の好景気が街全体に波及して、活気があふれているかというと全くそうではないのです。割と新しい映画館のビルの横は路上に浪人が溢れているし、病院の方へ行くと客待ちの娼婦が以前の倍の数はずらっと並んで、炊き出しの行列かと見紛うほどです。でも、病院の前というのが少し面白いと思いませんか。明石先生にこんなことを申し上げて良いのかわかりませんが、私は根っからの病院嫌いで、風邪でも肌荒れでも滅多なことではお医者にかかることはありません。頭が痛い時には手の甲の皮膚をつねって、いくらか痛みを分散させます。人生を生きるのは痛みを伴うけれど、自分で対処できない時、病院で薬をもらうか、もっと大きな痛みで紛らわせるのが良いやり過ごし方だと思うんです。だから何かの不調であそこの病院の前に向かう人は、病院で何かしら痛みを誤魔化す薬を処方されても良いし、絶対に自分に心を見せない女を抱いて別の痛みをもらっても良い。

私もこの街の女として長く見知らぬ男に酒を注いで、見知らぬ男に抱かれて、見知らぬ男を愛するふりをして働いてきたんですが、ついこの間まではそうやって死ぬまでかりそめの愛人として生きることに、大した躊躇いを感じていませんでした。そもそも、惚れた腫れたの愛や恋を手掛かりにセックスだの結婚だのを考えることが果たして正しいことなのかよくわからない。日本でも西洋でも、身が削れるような恋心を描いた文が千年も二千年も残っているだけに、愛し愛される行為はどんな世界でも至上の幸福で、普遍的な価値があるように信じこまされているけど、人の書いたものなんておよそ信用できない代物じゃないかと最近特に思うんです。最近、私よりさらに若い嬢たちの中にはあえて紙焼き写真を撮ったり、そろばんを使ったり、紙とペンで原始的な手紙を書いたりする子がいて、別に趣味はどうぞご自由にって感じですが、紙に手書きで書かれたものの方が、印字されたものやメールやアプリを使ってするやりとりよりも重要なことが書かれているような気になるのは、全くお門違いではないですか。

というのも最近、こうやって紙にペンで字を書いていると、ペンはどんどん思いと離れて書き心地の良いことばかりを連ねて余白を埋めてしまうことがわかったんです。携帯電話の画面にするする指を這わせて送るメッセージの方がまだ信頼に足るんじゃないかしら。ペンを持つとどうしたって身体が気負ってしまうし、ひらがなや漢字や片仮名を使う言語だけに、文字によってどうしても書いていて気持ちが良いものと良くないものを無意識に峻別してしまう。だから私は小説や漫画本に、著者の署名を手書きで書きつけるアレ、あれも特に価値を感じないし、古来文字で書かれた物語の惚れた腫れたの話は、真実を誤魔化すためにやたらと情念や愛で装飾しているように思うんです。

そういう気分でのらりくらりと生きて、あなたや他の数多の男性の新宿の恋人をまっとうしていた私ですが、実は自分でも信じきれないことに、昨夜、手書きで婚姻届を書いたのです。明石先生とアオイさんのご関係を知ったことと、全く関係がないとは思いません。ただ、主にはこの街で身体を切り売りし、化かし合いのおしゃべりをして生活するには、私は些か歳をとった気がする、というのが理由なんです。まだ二十代でとおっしゃるかもしれませんが、歌舞伎町のような歓楽街は若さがあまりに特別な価値を持ちすぎているのですね。仕事をするにせよしないにせよ、至極の価値とされるものが、否応なく毎年目減りする職場はあまり健康によくない気がしました。恋を売ったり春を売ったりする女の仕事以外で、積み重ねれば積み重ねるほど見下されて価値が奪われていく残酷な職業なんてあるのかしら。スポーツ選手やアイドルはそういうところがあるかもしれないけど、始めた瞬間から散り出すような極端さはない気がします。世の親が子どもに水商売や風俗をあまり勧めないのは、倫理的な話よりも、自分の価値が減っていく仕事の虚しさを本能的に嗅ぎ取っているからかもしれません。だって、女ざかりなんて言葉があるくらいだから、女ってそもそも気づいた時には何かしらの価値を手放していく存在で、別に歓楽街と無縁に生活していても、子どもを産んだ親はそういうことを肌で感じているはずだから。女であるということだけが条件となるお仕事はそういう女の悲哀を凝縮したようなものですね。

親と言えばそういえば、都内に隠れていらっしゃった頃の明石先生が、結婚についてはは明言なさらないのに避妊に無頓着であったのは、もしかしてアオイさんが子どもを持つことにあまり興味がないことと関係しているのですか。先日椿山荘で小さいサイズのケーキやらスコーンやらを食べながら、そんなことを言っていたのを今思い出しました。夫は子どもをつくることを至上命題のように考えていて、アオイさんが子どもはまだいい、今は子育てにかかりっきりになりたくないと言ったところ、明石先生は、それじゃあ結婚ってなんなんだ、とまでおっしゃられたとか。

だからあなたが、私が南新宿のお家に遊びに行くたびに、毎回何かしら理由をつけて避妊具なしの関係を求めたのは、もしかしたら産んでくれない正妻の代わりに、婚姻の外で子どもを作る役目を私に与えようとしてたんじゃないかとふと思ったの。お医者なのに随分いい加減な避妊意識だと思ったけど、お妾の子どもを取り上げて正妻と育てるような、あるいは愛人宅に子どもを授かるような、かつての男の真似事をしたかったのだとしたら合点がいきます。私も子どもなんて欲しいとも欲しくないともまだわからないので、避妊も言葉も曖昧になってしまいましたけど、結婚相手とめぐり逢った今、あの時あなたの婚姻を婚姻外から支える存在にならずに正解だったと思います。

滅多に筆なんてとらないのですが、たまにこうやってお手紙を書くとついつい余計な昔話が膨らんで、随分長く書いてしまいました。お便りをしようと思ったのは、来月の第二週の一週間、世間が三年ぶりの忘年会に忙しい時期かもしれませんが、店で私の卒業を記念したちょっとしたお祭りを開きますので、ぜひいらっしゃってくださいと申し上げたい一心でした。懇意にしてくださったお客様は皆様いらっしゃいますし、明石先生は病院を引き継いで間もなく、また未だ医療現場の混乱はあるのでしょうが、地元に戻られてからも、会いに行くと何度も言っていただいて、結局お会いできなかったので誰よりも会いに来ていただきたいのです。お電話では出ていただけるかわからないのと、メールの案内状では読まずに削除されてしまうかもしれないと思い、お手紙にしました。

お店の可愛い女の子たちをご紹介しますので、今後新宿に飲みにいらっしゃることがあれば私はいなくなりますが、代替可能な女子には困らないでしょうからぜひまたこちらのお店を使っていただければと思います。もちろん来ていただいたことはアオイさんには内緒にいたしますし、門出のお祝いに特別なお酒を振舞っていただければ今後も明石先生とのことは誰にも口外いたしません。

そうそう、弟さんはおじい様の地盤を引き継いで今度選挙に立たれるのだとか。本当に地域のこと、市民の健康のことを真摯にお考えになっている一族のようで、陰ながら勝手に誇らしく思っていますよ。色々と面倒なことも多いかと思いますが、そんなお話もぜひ私たちに聞かせてくださいね。うちのお店の女は口が堅いのが一番の取柄ですからご安心を。従業員ともども、お店にてお待ちしています。最近あまり真面目に働いてはいなかったのですが、その週は休みをとりませんのでどの曜日でも構いません。もし同伴いただけるのであればその旨ご連絡ください。お店の前での待ち合わせでも歓迎です。

夕花　こと　紫

六の手紙

風に乱るゝ萩の上露

柿本先生

前回お手紙を出したのが秋口だったはずですから、ふた月以上前になるのですね。一度だけ葉書を送ったほかは返事も出していないのに、一体いつまでしつこく手紙を送ってくるんだろうと、きっと先生はお思いですね。安心してくださっていいのです。ついに、私は長年暮らした歓楽街を出て、人の家に嫁いで参りました。引っ越しが済んだのが一昨日のことで、あと五日で前の自宅は引き払う段取りがついています。

先生から届かないお返事を待つのもつらいので、このお手紙を最後にします。いつも封筒に私の住所を書いてお送りしていましたけど、今回の手紙には新しい住所は書かずに投函するつもりです。住所を書いたら、お祝いの言葉を待っていますと言っているようで、気を遣わせてしまうんじゃないかと思ったのです。でも、それって郵便の決まり事違反になるのでしょうか。万が一先生の住所を書き損じたら、この手紙は宛先不明の、しかも返送先のない手紙となって、異空間を彷徨うのでしょうか。それはそれで良いような気がします。

大人になって、ほとんど異国を旅することはなくなりましたけれど、幼い頃、まだ本物の母が死ぬ前には何度か欧州を旅しました。こんなことは確か、高校の国語科準備室や階段の途中のあの部屋でお話ししていた頃にきっともうお伝えしたことがありましたね。一番長かった英国は、父の長期出張に付き合って二か月滞在したのですが、郵便や宅配のいい加減さには子どもながらに驚いたものです。

滞在していたのは一軒家ではなく、大きな邸宅を五分割したフラットだったのに、ポストに入らない大きさの宅配物は平気で玄関先に投げられていたし、不在通知もあってなきようなものでしたから、きっと届かずに彷徨っている郵便がたくさんあるのでしょうね。それでも鳥や馬に託したりしていた時代を思えば、そもそもお手紙というのは確実に届くという性質ではないのかもしれません。たとえ届かなかったとしても、最初から何も書かないのとお手紙を書くのとでは違うと感じてしまうのは、私が結局このお手紙も自分のためにしか書いていないことの証なのでしょうか。

引っ越しの前の夜は一人感傷に浸るのではなく、歌舞伎町の片隅にある美術ギャラリー併設のバーで、同じ飲み屋に勤めていた新旧の同僚女性たちと日付が変わって道が少し明るくなるまでおしゃべりをしていました。

その夜、前のお手紙にたしか書いた、十年以上前に私に水商売のいろはを教えてくれた、あの元ナンバーワンのおねえさんも来てくれたんですよ。最も、彼女はずっと前に結婚して街を去っていたのですが。彼女はお客の一人ではなく、北関東にある大きな病院の跡継ぎ長男のところへ嫁いだのですが、なんでも義理の母がすでに亡くなっているらしく、忙しく留守をしがちな夫よりも、セミリタイアをした義理の父と過ごす時間が長くなり、最近ではそのお義父さんと一線を超えるか超えないかの危ない関係なのだとか。長く歓楽街の飲み屋にいたのですから、多少枯れているような年齢の男の扱いには慣れていますものね。続きが気になるので、今後はもっと頻繁に会って食事でもしようね、と言っておきました。彼女だって北関東なんていう僻地に飛ばされて、都会に出てくる言い訳はいくつも欲しいでしょうからね。まだ子どもがいないのですが、知らぬ間に義理のお父さんの子どもを身ごもっていたりしたら大事件ね。その場合ってＤＮＡ検査はどうなるのかしら。親子なんですから、案外バレないかもしれないですよね。

あの夜は愉快で、思い出すとついつい余談が長くなってしまいます。彼女の義理の父とのスキャンダルも随分長い時間盛り上がった話題の一つですが、夜が更けてからは話題はすっかりお客たちの噂話。それから歴代の恋人の思い出話。男の品定めは女子会の定番の話題ですからね。最初は最近のお客の可笑しなメッセージを見せ合ったり、失敗談を自虐し合ったりしていましたが、こういう態度の客にはこんな職業の人が多い、とか、西の男ははったりばかり言う癖がある、とか、無理やり見いだせる法則性を並べて、粗だらけの男性図鑑ができあがりそうな勢いでしたよ。

しつこく嫌な誘いを続けたり、店で恥ずかしい振る舞いをしたりするお客を私たちはいつの頃からか痛客、なんて呼ぶようになって、インターネットにはホステス達の痛客事件簿がたくさん綴ってありますけど、そういうお客って意外と堅い職業の人が多いのですよ。ものすごく良い家のお坊ちゃまというわけではないのだけど、地方のエリート高校なんかを出て、そこそこ良い私大に入って割とお給料の良い会社員をしているとか、独立して小さな会社を持っていて最近少しお金の入りがいいとか、そういう人。歌舞伎町は銀座なんかに比べるといろんなお客がいらっしゃるんだけれども、ガラの悪い人は女には優しい人なんかが多いですからね。社会で名誉のない人は、自分らが受け入れられる場所を大切にします。昔からある銭湯なんかで、ヤクザの人が一番マナーにうるさかったりするでしょう。それと同じですね。

逆に社会でそれなりの居場所のある人や、安定した仕事と家庭のある人というのは、商売女との付き合いは失ったってかまわないから自分をさらけ出す場所、のように思っている人が多いのかもしれません。恥ずかしくないのか、というお願い事をされたり、きっとお嫁さんには見せない顔を見せてきたりするものなんですね。風俗と兼業したことがある娘なんかはもっと面白い小話を持ってるものですけど、たかがキャバクラでもなかなか。私が指名をもらってたお客でも、毎回しっとりとした別れ話をしてくる人（恋人同士でもないのに！）や、手を触ると女性の真のオーガズムを引き出してあげられると力説してくる人なんていうのもいました。

恋している気分になりすぎてしまうというのが痛客の最も典型的な例かもしれないですね。それに比べれば、ちょっとしたセクハラ気質や、ハズキルーペを持ってきてＣＭと同じようにその上に女を座らせようとしてくる人（一時期本当に何人もいたんです）なんかはかわいいものね。そういう人は店を出たらきちんと魔法が解けて、日常に戻れますから。店を出て家に帰っても恋が冷めない人は重症よ。テレビゲームと現実の境界がわからないのと同じようなことですものね。

あの夜の品定めの話や飲み屋のお客の話でつい饒舌になってしまうのは、きっと私のどこかに、あの街を出てしまった後悔が残っているからなのね。後悔と言うと少し意味合いが違うかもしれません。単なる郷愁と言えばいいのか、あるいは何かやり残したことがあるような、生活が変わってしまうことが怖いような、そんな気持ち。でもまだ三日ですから、きっとそのうちこの家にも慣れるでしょう。高校を辞めた時には後悔なんて少しもなかったんです。もともと机を並べて勉強することには何の興味も湧かなかったし、あの私立高校の中途半端な選民意識のようなものにも辟易していましたから。でもあの時は先生を残して去ってしまうことに寂しさと罪の意識だけがあった気がします。今回は、特に誰を想うわけでもないのです。踊り手の彼への気持ちを抱えたまま嫁入りしてしまったと思うかもしれませんけど、女は男が思うほどには、離れた誰かを想い続けるなんてことしませんからね。

引っ越し先の、今このお手紙を書いている家はとても静かな場所にあります。静かというか、小さな住宅が所狭しと並んでいるから、人の気配はそれなりにあるのだけど、道に滞留している人がいないのですね。同じ都内とはいっても歓楽街の喧騒とは無縁の住宅街で、近くには結構おしゃれな店が並ぶ商店街もあります。東急線の駅が最寄りだから、VERYなんかの人妻ファッション誌では人気エリアと呼ばれるのかしら。私は今のところ、何が魅力的なのかさっぱりわかりません。

でも世田谷区って不思議なところですね。きっと多くの人の印象としては民度が高くて、区長なんかに選ばれるのはとてもリベラルでまともな人。もっと地価の安い東の方や北の方の区の方が保守的ですよね。でも、商店街を何往復も歩いても、近くの家に引っ越しの挨拶に回っても、今まで住んだどんな場所よりものっぺりとしているんですよ。日本人しかいなくて、似たような年収、似たような職業、似たような家、顔までどこか似通っている気がする。多様性の欠片もないのです。治安は良いのでしょうけど、リベラルが聞いてあきれますね。ああ、多様性のない安全な町だから呑気に多様性や差別反対を謳えるのかもしれないですね。

私は昔話につい夢中で、結婚を決めた理由や相手についてあまりこれまでお話ししていなかった気がします。ちょうど一年と少し前、昨年の十一月に出会ったばかりだから、私も本当はどんな方なのか、何を愛して何を軽蔑しているのか、実はまだよくわかりません。お店に来たのは最初の一度、それも高校の同窓会か何かの三次会で、男子校独特の悪ノリのような空気で歌舞伎町なんかに寄ったのね。普段は新宿には無縁のようでした。親族の食事会でお会いしたお兄様とお父様は法律家だったけど、気楽な次男坊の彼は航空会社に勤務しています。

結婚を決めたのはまさに、国際線のパイロットという職業が、私に一人の時間を多分にくれるだろうと思ったのがひとつ。今朝も結婚早々、四日間の旅へ行きました。私はきっと、そばにいてくれる男よりも、帰ってくる男を毎回見送るのが好きなのでしょうね。毎日顔を合わせていたら、きっとすぐに嫌になります。それから、正式な配偶者となれば、私まで飛行機に無料で乗れるんですと言われて、それはとても魅力的だと思ったのがもうひとつ。恋人にはないその特権が、妻という制度上の肩書きだけで無条件に受けられるのですね。結婚の威力を改めて実感して、それもいいかなぁと思ったんです。それに、万が一仕事上の事故で死んだ時には今よりも生活が豊かになるくらいお金が出るんだよ、と口説かれて、ちょっと笑ってしまったんですよ。事故のことなんて考えていなかったけど、そんな口説き文句は職業柄なんとなく毎晩別の男に口説かれていた私でも、今まで聞いたことがなかったもの。でもそれも、新鮮というだけではなく、永久的に生活を保障された気分になって、悪くないものですよ。

彼の出自や職業は、あの街にいた女に似つかわしくないとお思いでしょう。私や例の北関東の病院に嫁いだおねえさんはそう考えればとても異質ね。私よりも人気の嬢たちの中にはものすごいお金持ちと結婚した人もいるけれど、それも大体一代でお金持ちになった人か、尊敬されないような会社を引き継いだ人、それから芸能関係とか、どれもこちらの経歴を問わない属性の人ですよね。モデルもしていた近くの飲み屋の背の高い美人のホステスは、顔に大きなコンプレックスのある人気の小説家を射止めたって聞いたことがあるけど。何かに大きな劣等感がある人は、女の見た目にわかりやすい華やかさを求める傾向がありますから、あの街は向いているかもね。

私が結婚相手に選んだ人も、生まれや学歴は申し分ないし、身体的にも恵まれているのだけど、人知れず子どもの頃の小さなトラウマを抱えていて、二十歳を過ぎるまで女性に愛されたことがないと言っている人ですよ。ご両親もお兄さんも普通のお顔なのに、彼は確かにもともとすごく額が広くて、それで小学生の時につけられた渾名が「課長」だったんですって。男の人にとってそんなに嫌な名前じゃないと思うし、それを後からお金や学歴でいくらでも払拭できるのが男のずるいところだと思うけど、彼はナイーブだったのか、大学デビューもしそびれてしまったのね。外見にコンプレックスなんて持つものじゃありませんね、それであんなに理想的な肩書を持ちながら、傷物のホステスなんかを身請けしてしまうんですから。

生まれが良家の人というのはそもそも歌舞伎町には寄らないことが多いし、まして結婚となると同じように良家の、地味で堅実な女性を選ばれるものね。だから私たちのような女は良くても不倫相手、時代が違えばお妾さんにはなれたかもしれませんね。そういう意味では、ご家族には私も身分をぼやかして自己紹介したんですよ。馬鹿正直に話せば、身の程をわきまえろという顔をされたかもしれませんね。私の父と、それから何より今の母の兄の名前を語ったら、向こうのご家族は随分親し気にしてくれましたよ。偽物の母を私は心底軽蔑して生きてきたけど、こんな風に役立ってくれる気もどこかでしていたんです。会ってはいないけど、完全に縁を切らずにいた甲斐がありました。私は低俗な人生を送ったけど、最後に生家に助けられた気分です。

飲み屋の女は、次にいつ来てくれるか確証のないお客を待って、来たらなるべくおもてなしをして、またすぐに来てくれるよう営業をかけるのが仕事だけれど、それを一度に何人もにするものだから、気まぐれで連絡なくやってくるお客が多いと十分におもてなしができないし、うまいこと離れた席が用意できないと、自分だけ特別だと思いたいお客がすっかり夢から覚めることもありました。来てというから来たのに、来たら来たで邪険に扱うじゃないか、と嫌味を言って帰る人だっていましたし、一度など、私が別のお客とアフターの約束をしている日にふらっとやって来て、この後一緒にどこか行こうとしつこく誘ってきては、断ると急に機嫌が悪くなって、店のソムリエにおしぼりをなげつけて帰ってしまった高齢の男だっていました。一応道路まで見送りに出たら、寂しいから早く会いに来てなんて全部嘘だったのか、と馬鹿みたいな捨て台詞まで吐いて。

言葉はいつも取り繕うためにあって、いかに巧みに事実を装飾して、美しい虚構を作り上げられるか、それが私たちの競うところでした。化かし合いの夜の街なのだから当然そうだと思われるでしょう。私もそれは、飲み屋がひしめく歓楽街にいるからだと思い込んでいたのです。私たちは男の幻想をひとつも壊さないで、あるいは男の望むような壊し方をしてあげるのがお仕事なのだから、言葉は相手次第でいかようにも形を変える、と単純に思っていました。

でもね先生、結婚をしたら次にいつ会えるかは大体わかっている場合が多いのだろうし、私も今朝見送った男がハイジャックにでも遭遇しない限り四日後に、確実に家に戻ってくるとあまり疑っていないわけだけれど、だからといって男と女のあいだの言葉から、相手のために真実を取り繕う役割がなくなることはきっとないのだと思うのです。過去だって現在だって、あるいは未来について語るときだって、事実はいつもごつごつしていて、とても食せるものではない。だからどうにか口当たりの良いものになるように、時には味を変え時には小さく砕き、時には全く別のものを用意して、食べられるよう料理することを、みんな愛って言うんじゃないかしら。

私は、愛じゃないから、所詮虚構の歓楽街だから言葉が必要だと思っていたけど、どこかに小さな愛があるから、言葉で繕っていたのかもしれませんね。どんな言葉をささやかれても、信じるふりをして鼻で笑っていたけれど、重要なのは鼻で笑っていたことの方ではなくて、信じるふりをしてあげられることの方だったのですね。そしてこれは一生続くのでしょう。昔の人だってね、会いたくて会えなくて涙で袖がべちょべちょに濡れて腐っちゃったとか、朝顔が枯れたとか、鈴虫がぎゃんぎゃん鳴いているとか、そんな言葉を送り合っていた頃も、受け取った人が言葉通りに信じていたわけじゃあないと思うのです。

男の人と暮らしている限り、言葉に本来の意味を載せて話ができることは稀なのでしょう。どうしたって知りたくないことだらけのお互いを、なるべくなら信じるふりができる程度の嘘で覆ってほしいと、私だって思うから。私はね、だから先生、あなたが図書室の司書、つまり今の奥様とすでにただならぬ仲であったとしても、あの頃に私にささやいてくれた言葉を信じるふりをして生きてきたんです。その事実にひとつも恨み言はないわ。そして高校を辞めたときですら、あなたは私の食しにくい真実は一つも語らず、きちんと取り繕うための言葉だけを送ってくれました。

だからあの、私が一度実家に戻った帰りの道すがら、参道近くで乾物屋からでてきたあなたが、何も言葉を発さなかったその時に、つまり何か取り繕うことをなさらなくなったときに、私は初めて愛の不在を実感したのでしょうね。妙にあの時のあなたの顔だけは何年たってもはっきり思い出せるのは、それがきっと私にとって飲み込めない真実だったからでしょう。

お手紙のお返事に言葉を連ねてくださらなかったことも、私はなんとなくその理由をわかっているのですよ。でも先生が言葉で取り繕う愛情を持たないのと同じように、私も信じるふりをする愛情をもう持っていないのだから、それもすべておあいこですね。このお手紙だって、涙で袖がぐちょぐちょになったというよりはもう少しごつごつしているかもしれないけれど、それでも女が男に送る手紙なんですから、何が事実かなんていうことは大して重要ではありませんね。

最後のお手紙なのだから、もっとずっと短く、一枚のご挨拶にしようと思っていたのに、結局長々と書いてしまいました。お返事を待たなくて良いお手紙というのはつい、少しだけ意地悪な気分になってしまうものですね。どうか先生、年が明けたらさらに寒さは厳しく、時代もまた厳しいものになっていくでしょう。お身体にお気をつけて、幸福で穏やかな日々をお過ごしください。

渓谷の脇の少し退屈で幸福な家から、心をこめて。

紫

七の手紙

草の原をば問はじとや思ふ

ジン様

秋に幸福な夜を過ごしてからもう半年近くも経つのが信じられません。あの時は確かまだ韓国の入国にやや面倒な申請手続きが必要だったのだから、九月頃だったのでしょうか。その後、渡航は随分しやすくなったようですが、希望していた短期留学も近く実現してしまうのでしょうか。もしかしてもうすでに行ってしまったのかと思ったのだけど、お店のステージ予定を見たらあなたの名前があったので、まだ日本にいると思ってお手紙書きました。

　昨年の梅雨入り直後の時期に新大久保のステージでジンくんが踊るのを見てから、一日だってあなたのことを思い出さない日はありません。その時すでに結婚が決まっていたとはいえ、秋のあの夜、あなたがもし止めてくれたら約束された生活を全て諦めて一緒にいることを選んだ気がします。あなたは疫病による渡航制限が解除され次第、留学を希望しているから、と、それ以上のことは言わなかったけど、きっと私は留学にだってついて行ったし、その先に待ってるどんな苦労も自ら進んで引き受けました。

　そもそも前にお店でも話したけれど、疫病禍前は年に二回くらい韓国に行くこともあったくらいで、最近周辺でも海外旅行を再開した人が多いから、私もまた行きたいなと思っていたんです。ジンくんが一緒だったらどんなことするかなと夢想してしまいます。お店の女の子と行っていた頃は美容皮膚科やサロンやカフェを回って、ほら、穴の開いた椅子の上にお尻をはめて座って下でヨモギを炊く、何に効くのかよくわからないけど日本でも流行したあれをやったり、泣くほど痛い顔のマッサージを受けたりするくらいで、古宮や漢江みたいなところを訪れたことはないのよね。以前から水商売には飽きていたし、東大門で服を買い付ける個人輸入もできるだろうなと思っていたし、短期間私も語学学校に行っても良いし、と色々考えてしまいました。高校の時に可笑しな知識ばかり豊富で旅好きの男性教師がいたのだけど、そういえばその人は板門店は韓国側から行くより北朝鮮のツアーで行った方が余程良いって言っていたんだけど本当なのかな。

あの夜私はとっても幸せで、この幸福を抜け出すことなんて多分私にはできないのだろうと思っていました。だからお礼の短いメッセージの後、ジンくんから次の約束どころか連絡ももらえなくなってしまったことで本当につらく寂しい思いをしました。毎日、携帯電話を枕元に置いて、微かな音も聞き逃さないように過ごして、結婚予定の相手といるときも、お店で卒業を祝われているときも、あなたからの連絡を待っていた気がします。私からあまりしつこくメッセージを送ってはいけない気がして、できればジンくんから、少しでも私を引き留める言葉をかけてほしかったというのが私の本音です。ジンくんのことを話した数少ない友達には、結婚の予定を取りやめない方がいいと念を押されていたから、つい自分で自分を律したように装っていたけど、本当は自分で決めたことなんて何一つなかった。ジンくんと出会う前、結婚を決めたのは確かに私自身だけど、それも仕事からのとびきり条件の良い逃避先を見つけたような気分で、どうしてもこの人と一緒になりたいと決めた道ではありませんでした。

おそらく優しくて思いやりのあるあなたのことだから、すでに色々なことが進み始めていた私の結婚を台無しにしないために、まだぼんやりとしていた留学の予定を理由に私の前から消えたのだと今は思っています。婚姻届に名前を書いて判子を押す最後の瞬間まで、映画のように突然現れるとは言わないまでも、あなたから連絡がきて、引き留めてもらえるんじゃないかと夢見ていました。でも強く自分を律して生きる踊り手のジンくんらしく、最後までそうやって後先考えない行動はしてくれなかったし、私は無事、とても心の安定した穏やかな人と家庭という鳥かごを作りました。

結婚は不思議なものですね。それぞれが持ち寄る手前勝手な幻想と未練がましい事情を一つの家の中で同居させるのだから、寮生活やルームシェアでは気にならないような箇所に綻びが見つかって、小さな破綻を繰り返して頑丈にしていく。でも、自分自身を全て受け入れてもらおうなんて壮大なことさえ考えなければ、存外居心地は悪くありません。新しく作っていく家庭は世田谷の緑と家族数の多い地域にあるので、新宿から車でたった三十分の距離でも、まるで異世界に転生してしまったかのように見慣れない景色ばかりです。長く新宿の街に住んでいましたから、この世のほとんどは家族を作って再生産を繰り返しているのだという単純な事実を忘れていました。

歌舞伎町は人の抱えている事情を一旦全て棚上げにしてしまえる気楽さがありますが、人と人が朝まで話し合っても分かり合えない存在であるという前提のもとに成り立っているから、時々孤独に駆られて取るべきではない手を取ってしまいそうになる危うさも持っていました。今住んでいる町は、人と人は大体似たようなことを伝えたいのだという前提のもと、理解不能なものは問いただされ続け、最後には排除してしまうような残酷な場所です。人の過去や事情を不問に付すような優しさがない分、私がどこからどうやって来たのかを全て晒すふりをしないといけません。

当初、理解し得ないものにいちいちどうしてそうであるのか理由を求める人を卑しく感じていましたが、人に対する諦めがないおかげで、ひりひりした危うさはない気がします。隣人を許容するか殺し合うかの二択で常に緊張している歓楽街は大人になるにつれ少し疲れる場所になっていたので、許容はしないけど話し合いを諦めない町も悪くないのかもしれません。本当の優しさがどちらなのかはよくわからないけど。少なくとも私はこんな身体だから、しばらくは長袖生活になりそうです。

学んだこともありました。新宿に比べれば随分行儀がよく見える町だけど、所詮若者の想像力の範囲内で日常がまわる歌舞伎町に対して、目黒や世田谷の女たちは巧妙に、新宿の女が腰を抜かすようなことを平気でしている。そんな風に言うと主に男性は、私が彼らを驚かせようとわざと大袈裟に話しているのだと高を括るのだけど、全然そんなことはないの。友人でも作ろうかと思って家からすぐのヨガ教室に何度か通ってみたのだけど、そこでできた知り合いの女たちの武勇伝は、私には驚くことばかりでした。

たとえばね、羽振りの良いマスコミ勤務の夫婦が駅の近くのマンションに住んでいるのだけど、妻の方は結婚前に社内不倫をしていて、結婚後は夫の浮気相手には何度も慰謝料請求や内容証明郵便なんかを送り付けているのに、自分の方は実は社内不倫の相手と一度も途切れず週に三回も逢瀬を繰り返しているとか。後は大きな建設会社の一族のお嫁さんは、今の夫は優しくてお金持ちだけど、お顔があんまり冴えないからって、夫と血液型が同じ美男子の浮気相手の子どもを素知らぬ顔で産んだと聞きました。夫の留守に、子どもがいる家に平気で恋人を連れ込む妻なんてざらにいるのね。

そしてそれ以上にすごいのは女たちの情報網の細やかさというか、あえて地元から随分離れたサービスエリアで彼氏とデートしていた人妻は、ソフトクリームを買っていたところを息子の小学校のママ友に見つかってその日のうちに小学校中の母親に知れ渡ったらしいですよ。でも不思議なのは、女性同士のあいだでは半ば常識となっているような妻たちの恋愛事情を、夫の誰もがそれこそ異世界のファンタジーのように信じていないことよ。いくらなんでも、たとえば同じ町内に妻の不倫で離婚した夫婦がいたら、自分の家は大丈夫かしらって思うはずじゃない。でも自分らも嗜み程度に不倫している夫たちですら、自分の妻については何一つ疑いを持っていないみたい。人は自分の辞書にない文字は大きな看板に書いてあっても読まずに通り過ぎるものなのかもしれません。いずれにせよ結婚がそれ自体で完結するようなものではなく、有機的なものであり、それぞれがカスタマイズして使っていく制度なのだということはよくわかりました。

　そうやって引っ越しから二か月間、この辺りの女性たちの生きざまを垣間見て、私はもしかしたら結婚したのはそれほど大きな間違いではなかったのかもしれないと思うようになりました。あなたが連絡を絶ってしまったことに希望を失いかけ、少しだけ自暴自棄に何も抵抗せずすんなり結婚してしまったけど、結婚は思ったより自由で解釈の幅があるものだとも思うのです。そもそも、明治期には婚姻外のパートナーとして妾が法律で認められていたわけだし、たった二人の人間で何もかもまかなうというのはそもそも無理な話よね。そういう不完全な結婚制度に乗っかる形で生活するのであれば、婚姻の中と外を柔軟に使って、それぞれが勝手に幸福を追求すればいいのだと思います。

　それに、うちの夫も例にもれず信頼が厚いというか、見たいもの以外はちゃんと見ない努力をするという点では結婚生活において優れた人で、尚且つ仕事に出ると大抵四日くらいは確実に帰らないのだから、むしろ以前より時間はできたの。

結婚を取りやめるかやめないかという重い決断を任せようとしてしまったのは反省してるから、これからは空き時間に少しでも会えたら嬉しいです。前回のように、ステージを見にジンくんのお店に飲みに行ってその晩一緒に過ごすのでもいいし、嫌じゃなければ緑の多いこちらの町に遊びに来てくれるのも歓迎です。タクシーアプリの精算が夫と合算で家計費から引かれることになっているので、気兼ねなく利用してください。そうそう、もし気が向けば、二泊くらいで韓国に行くのはどうですか。これからどんどんまた日本からの旅行客は増えるだろうけど、韓国ならどれだけ堂々と一緒に歩いてもさすがに誰にも見つからないでしょう。この辺りの主婦の不倫も、最も遠い場所で人に見つかったのは例の海老名だと聞いているから。

お店のウェブサイトで予定を見ると、ジンくんは今でもほとんど休みなく踊り、毎晩のように接客にも立たれているようですね。息抜きはできていますか。仕事も踊りの練習も熱心に取り組んでいるだろうけど、新宿や新大久保は空気孔がないから、週に一度はどこか他所に行くのが良いと私は思います。あの街の男の子は意外と生真面目だけど、いろんな場所に出入りしていろんな顔を持ってうまいこと泳ぐ女の子たちと違って一つの場所にとことん向き合うような真面目さは時々自分を追い詰めると思うの。

毎晩接客をする日々から離れてみてわかったのだけど、以前は痛みも痒みも感じなかったようなことで、自分が本当は摩耗していたことがよくわかりました。人の心はとても賢いから、自分が同じ生活を続けている時は嫌なことはさらさらとした血液のように流れてすぐに排泄されていくのだけど、その生活が変わると排泄されたはずの汚れが身体のあちこちから時々出てくるの。夜も眠れないとか苦しいとかそんなことは全然ない、傷というより本当に汚れみたいなものなのだけど。

夜に繰り出すお客って、こちらが売っているもの以上のものを買おうとするから、私の方に少しでも仕事や商売の匂いがすると露骨に嫌悪感を出してくるけど、反面こちらにとってそれがお仕事だと思っているからか、平気で裏切ったり嘘をついて約束を反故にしたりするでしょう。本当に都合がよくて、お前にとって俺は所詮客なのかと詰め寄ってくるくせに、都合が悪くなれば適当にあしらって、人間相手にした約束っていうより、歯医者の予約を連絡もせずに無視するみたいに一方的に切り離すんだから、今から思えば理不尽なことばかりですね。あんまり関係がないけど、もう長くお願いしている美容師が言うには、ネットで予約できるようになって、キャンセルの連絡なしに現れないお客ってものすごくたくさんいるんですってね。たしかに携帯で空き時間のマルを選択して確定するだけの予約だから、罪の意識なんてひとつもないんでしょうね。ネット予約の名前なんて、本名で登録しているとも限らないし、後日しれっと別の名前で予約して行っていたりしてね。

本名じゃないと言えば私たちだってそうだけど、男の人ってお金を払うことで罪悪感を放棄するから、中絶させようが、結婚を隠していようが、挙句は愛人を何人も一か所に集めて、食事会をする男なんていうのもいたけど、そういうことをしようが、レストランのテーブルクロスにワインをこぼしたからクリーニング代を支払った、みたいな意識でチャラにするのよ。私のお客で、地位やお金を最初からひけらかして熱心に口説いてきて、恋人になってくれと何度もしつこい人がいたのだけど、後からきちんと調べたら、私が新人だった頃の指導役みたいな先輩の夫だったんですよ。さすがにすっかり邪気のなくなった先輩に、こちらがしたことを全て話すのは気が引けるから、適当に端折ってすぐに報告してやったけど。もちろん、お互いがお互いにバラした話はそのお客には内緒ってことにしてね。私に送ってきた文章と、同じ日に妻である私の先輩に送った文章を見比べて、笑いあったのは楽しかったな。こういうのがもし耳に入ればプロ意識がどうのってきっとすごく怒るんでしょうね。そういう男に限って、最初のうちはお店の外で会おうとか、休日過ごそうとか、プロとかお仕事とは別次元の付き合いを要求してくるのに。でも考えてみれば、会社や今ならマッチングサービスみたいなところでお金も払わず出会った愛人だって、もう少し思いやりはあるにせよかなり理不尽な扱いを受けているのかもしれない。そもそもソレとコレとは別物、と男の人が言うソレもコレも勝手にその人が役割を与えてるだけで、本当は同じ物かもしれないのに。

お金で放棄できるのは本来お店の中で恋人のような距離でお酒を飲んだり、最近お店は禁煙になったとはいえ煙草に火を付けさせたり、何週間ぶりに行っても笑顔で迎えられたり、そういうことに対する申し訳なさくらいであって、全ての罪の意識をリセットできるわけではないと思うけど、男の子のお店にもいろんなお客が来るでしょう。今はあの街でスナックみたいな小さな飲み屋をやってる、私がいた店で一時期最年長だったおねえさんがいたのだけど、その人がホスト通いをしていた頃は、店の椅子にジッポのオイルを使って放火したり、担当が席を離れたタイミングでグラスを割ってわざと手や指を切ったり、今ではあんまり考えられないけど、もっと間口が広くていろんな人がいたみたいでした。割れたグラスで自傷行為って怖いわよね。

　ジンくんのお店は明るくて客層もいいだろうけど、あからさまに暴力的だったりおかしいことを言ったりする人だけじゃなく、多かれ少なかれ女なんてみんな壊れているものだから、あなたが嫌な思いをすることがないよう祈ってます。きっとジンくんは優しいから、お客が求めるものをなるべくたくさん与えたいと思って接していると思うけど、お客の欲って総量が最初に決められるわけじゃなくて、今与えられているものとの差だけがうまく計算されていて、四与えれば六求め、八与えれば十二求め、ときりがないんですよ。最近、歌舞伎町の男も推し推されるの関係で営業しているっていうけどあれはある意味賢いのでしょうね。何も与えなければお客の欲が膨れることもないから、肝臓も壊さないし、性病ももらわないし、心が奪われるようなこともない。でもその分、壊れて腐る直前に人が放つ強烈な光みたいなものもなくなったのでしょうね。

　少し脱線してしまいましたが、そういう理不尽な気持ちってあの街にいると全く気にならなくて、たまに苛立つことがあるのはお店で横柄な態度をとられたり、会話の内容がとんちんかんだったりすることの方だったな。店が終わった後にアフターがなくて、女同士で雑炊食べに寄ったりすると、止まらないのはそういう陰口の方で、本当はもっと大きな文句があるはずなのに、地獄では地獄が見えないというか、天国でもいいのだけど、割とどうでもいいことの方ばかり気になってしまうのでしょうね。逆にそういう些末な愚痴はあんなにあったのに今になって思い出すことはほとんどありません。不思議なものですね。思い出してもすっごくくだらなくて、同じく引退した者同士だとつい笑っちゃうのよね。

仕事を辞める前の最後の月、そういえばこんなことがありました。その日、久しぶりに店に来てくれたお客がいて、歳は五十になるかならないかくらいなのだけど、いかにもギョーカイ人という感じの下品な見た目なのに、音楽関係の造詣が深いとか何とか、自分の趣味をやけに高尚なものだと思っているのね。早い時間にきたから、新人の女の子と、私がいなくなったら担当を引き継いでもらおうと思っていた歳の近い仲良しの女の子とゆっくり席について、皆で話していたんだけど、ちょっと女の子がカラオケがどうとか韓流の歌がどうとかそんな話をすると、そんなところに角度をつけてどうするのっていう話題なのに、いちいち面倒くさい講釈を垂れてきたのよ。昔もちょっと気難しいとは思っていたけど、こんなに俺の話を聞け、な人だったかなぁとちょっと驚くくらいに。

それで、私の仲良しの子が、親がバンド好きだった影響もあって割と昔からいるバンドの曲が好きだからことごとく彼が講釈を垂れたくなるツボというか地雷というか、そういうものにはまって、彼女がこの曲の歌詞好きですなんて話をすると、このバンドは米国のポップスのなんとかの系譜で何も新しいことはしていないんだけど大衆に受けてどうのこうのと煩いの。クラシックやら洋楽の王道やら教科書に載っているものが好きなタイプなのね。とにかくドリカムやらミスチルやら女の子があげるものを鼻で笑いつつ冷静な分析らしきものを口にして気持ちよくなっているんです。もう私たちはとにかく、女のさしすせそを連発して、さすが、知らなかった、すごいですね、センスありますね、尊敬します、と棒読みでハーモニーを作っていたの。

その日はちょうどアフターの予定がなかったから、彼の席についていた女の子たちを連れて深夜だけど中華を食べに入ったの。それで、とにかく日本のポップスを批判していれば自分が高みに上っていけると勘違いしている彼が、なぜか子どものときに聞いた個人的な思い入れがあるといってオフコースっていうバンドだけ手放しで褒めていたところにみんなひっかかっていたのがわかったのよ。勢いがついちゃってカラオケにまで行って、誰かが入れた曲を取り敢えず手持ちの武器で攻撃してオフコースならこういう場合は、と彼の物真似をしてさしすせその間に溜まったストレスを発散したの。彼にもそういう個人的な思い入れがあるなら、誰かにとって別のバンドが自分にとってのオフコースと同じだって気づくはずなのにね。頭悪いわよね。

なんだか書き出したらついつい筆がすべって、思い出話ばかりになってしまいました。伝えたかったのは、どこの町でどんな男の横に座っていようと、私はこれからもずっとジンくんのことを想っているということだけだったのにね。あの日、お客の社長に付き合ってお店を早引けてまでジンくんのお店に寄って、踊る姿を見られて本当に良かった。人の姿を見てあんなに心動かされたのは後にも先にもあの時だけです。目を奪われることってあるんだなぁって、長く歓楽街に勤めていたけど、最後に人生そのものに意味を与えてもらえるような気分を知ることができて本当に嬉しい。来週あたり、家に誰もいない時にまたお店にも行きますね。一時も忘れることなく、ずっとジンくんのことを考えています。

新宿の夜は明るいけど、気分転換に時々月を見上げてくださいね。満月や三日月以外でも、毎日風情があって、いつもとても綺麗です。

ユウカ

装幀　松田行正＋杉本聖士

鈴木涼美（すずき・すずみ）
1983年生まれ、東京都出身。慶應義塾大学卒。東京大学大学院修士課程修了。小説『ギフテッド』が第167回芥川賞候補、『グレイスレス』が第168回芥川賞候補。著書に『身体を売ったらサヨウナラ 夜のオネエサンの愛と幸福論』『愛と子宮に花束を 夜のオネエサンの母娘論』『おじさんメモリアル』『ニッポンのおじさん』『往復書簡 限界から始まる』(共著)『娼婦の本棚』『8cmヒールのニュースショー』『「AV女優」の社会学 増補新版』『浮き身』『トラディション』などがある。

YUKARI

第1刷　2024年1月31日

著　者　鈴木涼美

発行者　小宮英行

発行所　株式会社徳間書店
〒141-8202　東京都品川区上大崎3-1-1
目黒セントラルスクエア
電話　編集(03)5403-4344／販売(049)293-5521
振替　00140-0-44392

印刷・製本　大日本印刷株式会社

ISBN978-4-19-865759-8